Sonya
ソーニャ文庫

寡黙な近衛隊長は雄弁に愛を囁く

最賀すみれ

JN131347

イースト・プレス

contents

プロローグ

例年に増して冷え込みの厳しい冬だった。もとより降雪の多い土地柄、外は春になるまで決して消えない根雪に覆われている。乏しい陽光は、中央に高々とそびえる本城に注がれるばかり。やや離れた場所にひっそりと建つ北翼にはこの時期、日照がほとんどない。おまけに遠くで囂々《ごうごう》とうなる風の声が屋内にまで届いた。

城壁の端に位置する北翼は、建物自体が守備塔の役割も果たしており、北面と西面の窓の下は絶壁となっている。吹き上げる雪交じりの風は強く、窓を塞ぐ木製の鎧戸《よろいど》をガタガタとうるさく鳴らす。神経に障る音はエリアスを苛つかせた。

それでなくとも、昼間も日の当たらない室内はひどく陰鬱だ。四方に置かれた燭台《しょくだい》だけではなかなか全体を照らしきれない。家具調度は調えられているものの、王城の一画とは思えないほど質素な部屋の中、エリアスは背後に二名の部下を従えて絨毯《じゅうたん》の上に跪《ひざまず》いた。

視線の先には、これから主君となる少女が立っている。傍らにいるのは教育係の伯爵夫人だろう。

ぱちぱちと暖炉で薪がはぜる音に重なって、夫人の甲高い声が響いた。

「慣例により、今日からこの者たちがギゼラ様の身辺をお守りします」

ギゼラ王女は黙ってうなずく。

この国では、王族は十三歳の誕生日に護衛となる近衛を得ると定められている。みそっかすの王女であっても例外ではないようだ。

エリアスはそっと相手を見上げた。

（人形のような子供だな……）

月の光を紡いだかのごとく長くまっすぐな銀の髪に、わずかに青灰色がかった白銀の瞳。どちらも色味に乏しいせいで、どうしても表情がなく、冷たい印象になる。それを差し引いたとしても、王女は十三歳とは思えないほど生気がなかった。

エリアスは、どこを見ているのかわからない茫洋《ぼうよう》とした眼差しを見つめて言う。

「初めてお目にかかります。このたびギゼラ王女殿下の近衛を拝命しました、ミエル・ノバスコシアと、ヴェイン・セグリワデス――」

定められた近衛の隊服に身を包み、背後でかしこまっていた二人の部下が、名前を呼ばれてそれぞれ頭を下げる。

「私が隊長のエリアス・クレティアンと申します。これより我ら三名が殿下を警護いたします」

着任の挨拶に、王女は無言でうなずいた。そのままひと言も声を発することなく、伯爵夫人に促されてその場を後にする。

エリアスは拍子抜けする思いでそれを見送った。他の二人も困惑した様子を隠さない。

副隊長のヴェインが頭をかいた。

「こりゃあ……思った以上にアレだな」

野性味の強い面差しをしかめ、粗雑な物言いで評する。王族の近くに侍る近衛兵にふさわしいとは言えない振る舞いだが、仕方がない。貧乏貴族の五男で、ほぼ平民と変わらない環境で育ったという。

「最初なので緊張されていただけかもしれませんよ」

そっと意見するミエルは、数年前に子爵位を金で買った父親によって王宮に送り込まれた、まだほんの十六歳の若者だ。

そしてエリアスは、とうの昔に宮廷を辞した老齢の軍人貴族の養子――それも領地で見出された平民である。

宮廷にいるあまたの軍人の中から、あえて名ばかりの貴族のみを選んだような人選だった。そもそも王女の近衛がたった三人というのも異例である。

王族の近衛といえば交代要員を含め、最低でも十名はいるものだ。現にギゼラ王女の異母兄である王太子ヨーゼフには、選び抜かれた家柄と容姿を誇る、きらびやかな近衛が二十名もついている。

「慣例だからしかたなく、渋々そろえてみたって人選だしな。がっかりされたか？」

苦笑するヴェインに向け、ミエルが首をかしげた。

「でも……失望されたという様子でもありませんでしたよ。どちらかというと、何も感じていないような……？」

「とにかく行こう。近衛はお傍にいるのが務めだ」

エリアスがそう言って歩き出すと、他の二人もついてきた。

ギゼラ王女の存在は、宮廷でも謎に包まれている。

母親は下級貴族の娘。国王が遠出の際に立ち寄った城で見初め、王宮へ連れてきた愛人である。彼女は娘を生み、国王は数年のあいだ二人を溺愛したものの、やがて新しい愛人に心を移し、ギゼラ王女の母は修道院へ送られた。

たった一人で王宮に残された庶出の王女は、王妃の庇護《ひご》を受けて健やかに暮らしている――と言われている。しかし母親が城から去って以来、王女の姿を見た者はいない。

いわば誰もが噂《うわさ》でしか知らない存在だった。

（日がな一日こんな場所で暮らしているのか。健やかが聞いてあきれる……）

エリアスは新しい職場に早くも気が滅入りそうになる。

廊下はどこも、わずかばかりの燭台で照らされているだけで薄暗い。王女の部屋がある方角に向けて歩いていると、やがてきんきんと耳に突き刺さるような声が聞こえてきた。

「たとえ近衛といえど、軽々しく異性と言葉を交わすなどもってのほか。微笑んでもいけません。異性の気を引くために笑いかけるなど、王女にあるまじき恥ずべき行為ですよ。それでなくともギゼラ様は、口にするのも汚らわしい立場の女性の血を引いていらっしゃるのですから、気をつけなければなりません。決して母上のようなな——王女の母と呼ぶのも厭《いと》わしい、あの者のようにはならないようお気をつけください。おわかりですね⁉」

「はい」

金切り声は伯爵夫人のものだ。淡々とした、短い返事は王女だろうか。エリアスはわずかに眉を寄せた。

「近衛と二人きりになってはいけません。仮にわたくしが不在の間にも一人で部屋にこもり、責務にお励みくださいますように。文学を修め、楽器や刺繍の練習をし、貴婦人としての教養を身につけること。ギゼラ様は何ひとつ満足におできになりませんが、努力を怠ってはなりません。ひたむきな努力こそが未熟な魂を救うことになるのです。新たに仕える者に気をとられている場合ではありませんよ」

「はい」

「お返事だけはよろしくて、実際には何をやらせても愚鈍なのですから、困った王女様ですこと！　わたくしは毎日頭が痛くてしかたがありません。どのように力を尽くせば王女様が人並みになってくださるのか、知恵を絞って考えているというのに、ギゼラ様ときたら、わたくしの厚意を台無しにすることにかけては、天才的でいらっしゃるのですから。本当に困った方……！」

「申し訳ありません。伯爵夫人」

漏れ聞こえてくる二人のやり取りに、思わず足を止める。背後でヴェインが「なんだこれは」と小声でつぶやいた。

「これ……王族の躾《しつけ》なのでしょうか……？」

ミエルが困惑まじりに続ける。まったく同感だ。普通の神経の者にはあまりに異様な光景である。

「――……」

しばし様子をうかがったエリアスは、続く伯爵夫人のひと言によって、事態を正確に把握した。

「わたくしはどうすれば王妃様のご期待に応えられるのでしょう？」

（そういうことか――）

伯爵夫人は王妃の命令で、毒に満ちた教訓を王女に吹き込んでいる。おそらくは躾の名目のもと王女を追い詰め、苦しめるよう命じられているのだ。

エリアスの推測に、ヴェインが顔をしかめる。

「陰で愛人の娘をいじめてるってことか……。ぞっとしないな」

「でも……王妃様は昨年から重い病に臥《ふ》せっていらして、起き上がることもできないと聞きましたけど……」

ミエルの疑念にヴェインが重い口調で応じた。

「だから去年どころじゃなくて、もう何年も続いてるってことなんじゃないか？」

声を潜めてはいたものの、部屋の前まで来てしまえば扉一枚を隔てただけ。中まで声が届いたのだろう。カッカカッと高い踵《かかと》の響く音が近づいてきたかと思うと、当の伯爵夫人が扉を開けた。

「近衛の方々は、お部屋の前でお過ごしください。この部屋に入ってはなりません」

「……は？」

エリアスは思わずそう返す。

護衛に対し、主と同じ部屋に入るなとは無茶苦茶な物言いだ。ちらりと室内を見れば、ギゼラ王女はぽつんと椅子に座っていた。こちらを見ようともせず、窓のほうを向いている。

いびつな言いつけを頑なに守っているのだ。

　エリアスは落ち着いて返した。

「お言葉ですが、近衛はお傍に仕えるのが仕事。国王陛下から拝命したお役目を疎かにするわけにはまいりません」

「お役目は理解しておりますが、本来ここで警護は必要ありません。ギゼラ様は一日のほとんどをお部屋の中で過ごされますし、誰かが訪ねてくることもまずございませんので。あなた方はあくまで形だけ選ばれたにすぎません。暇を持て余すというのでしたら、外で遊んでいらしてもかまいませんよ」

「――……っ」

　あまりに無礼な言い草にヴェインが気色ばむ。それを手で制し、エリアスはあくまで淡々と言った。

「ご本人と直接お話しさせてください」

　伯爵夫人は眉を吊《つ》り上げ、その場で部屋の中を振り返る。

「ギゼラ様、近衛の者たちがお傍にまいりたいと申しておりますが、いかがなさいますか？　わたくしはお断りするべきかと存じますが」

　他の答えは許さないとばかりの威圧的な意見に、王女はそっぽを向いたまま、小さな声で答える。

「……必要ありません」

伯爵夫人は勝ち誇った顔で鼻を鳴らした。

「おわかりでしょう？　あなた方は近衛といっても名ばかり。これからずっと部屋の外でお過ごしください」

そう言い放つと、まるで野良犬でも閉め出すかのように、大きな音を立てて扉を閉める。

それが主命と言われては従わないわけにはいかない。「形だけ選ばれた」「名ばかりの」近衛三名は、寒くて薄暗い廊下で、その日一日置物のように立って過ごした。

⚜

現国王の妃であるアンヌは、自分と敵対する者を容赦なく攻撃することで知られている。おまけに宮廷の大部分を牛耳る公爵家の出身のため、誰をどう陥れたとしても咎《とが》めを受けることがない。

政略によって結婚した国王は、そんな妻に嫌気が差したのだろう。彼女が王子を産むや、いっさい顧みることがなくなった。おかげで王妃の性格はますますねじ曲がっていったという。

(本人のみならず、周りの人間も大概だな)

各所から、これまでのギゼラ王女の処遇について情報を集めた結果は、エリアスをうんざりさせるのに充分だった。

王妃はあえて性格に難ありと言われる侍女をごく少数、ギゼラの専属としてつけている。彼女たちは主を主とも思わぬ言動を公然と口にするばかりか、手を上げて鬱憤を晴らすこともあるようだ。

そして王妃の忠実な取り巻きの一人である伯爵夫人は、王女が年相応の明るく楽しい毎日を送ることがないよう、神経を尖らせるのが役目であるらしい。教育係が聞いてあきれる。むしろ教育の邪魔をしていると証言する教師すらいた。

「ギゼラ様は決して不出来な方ではありません。おそらく落ち着けばできることも多いはずです。ですが授業中はいつも、鞭《むち》を手にした伯爵夫人が傍に張りつき、声をかけて急かし、ほんの少しでもまちがえるとすぐに鞭で打つのです。あれでは誰だって勉強に集中できるはずがありません」

よってまともな神経の教師はすぐに辞めてしまうという。残るのは給金目当ての人でなしのみ。

（陰湿なことだ）

毎日部屋の前に控えるうちに見えてきた、ギゼラ王女の日常にもため息を禁じえない。

そもそも北翼は本来、貴族の囚人を捕らえておく牢獄《ろうごく》として使われていた建物だ。部屋は個室で家具もそろい、地下牢に比べれば雲泥の差とはいえ、王宮の一室と呼ぶにはあまりに過酷な環境である。

寒く、暗く、心を癒やすものなど何ひとつない。そんな中でギゼラ王女は授業とも言えない授業、自習、祈禱《きとう》、食事、睡眠と、判で押したような毎日をくり返していた。一日の予定は伯爵夫人によって厳格に決められており、余暇も社交もない。勝手に外に出ることはもちろん、人と会うことすら禁じられている。

清貧を口実に、ドレスはどれも着古したものばかり。食事も充分に与えられていないようだ。枝のように細い体型を見ればわかる。

孤立し、尊厳を失った王女を、伯爵夫人は毎日のように言葉で責め苛み、委縮させ、命令に服従させていた。王女は味方の一人もなく、人形のようにだまって耐えている。

表情に乏しいのは、王女は感情を見せることがあってはならないと、厳しく言い含められているためだと後でわかった。

（そもそも近衛隊長が俺という点からして悪意を感じる……）

エリアスは将校として宮廷に上がって以来、貴族を騙《かた》る平民上がりと侮蔑的な扱いを受けてきた。同じ軍内の将兵への監視や捜査、捕虜への尋問など、誰からも忌避される任務を押しつけられ、それらを冷然とこなすうち、どんな時にも情に左右されない人間という評価が確立していった。そもそも人づき合いもほとんどないことから、誰に対しても過度に深入りをしない性格と認識されている。

それこそが今回、ギゼラ王女の近衛を束ねる長に選ばれた理由だろう。

(だが――)

彼らは見込み違いをしている。

以前ギゼラ王女に仕えたという者たちへの聞き込みを終えると、エリアスは北翼に戻った。

手袋と外套《がいとう》を取り、ギゼラ王女の部屋に向かって石の廊下を歩いていると、ふいに前方から伯爵夫人の甲高い声が聞こえてきた。

「わたくしの部屋に温かいお茶を持ってきてちょうだい。ブランデーをたっぷり入れてね。今日は一段と冷えること。そうそう出来損ないの子供につき合っていられないわ!」

どうやら一人で自室に戻るところのようだ。エリアスは足を留めて柱の陰に身を隠し、鉢合わせしないよう注意してやり過ごした。

(ということは、今はギゼラ様がお一人でいらっしゃるのか……)

ギゼラ王女の部屋に戻ると、扉の前にいたヴェインとミエルが振り向いた。

「変わりはないか?」

「あぁ。さっき伯爵夫人が出ていったきりだ」

「ギゼラ様はお部屋の中で刺繍をされているそうです」

「そうか……」

本人と直接話をするチャンスだ。そう考えたところで、ヴェインが苛立たしげに口を開く。

「あんた、いったい何を考えている？」

「口の利き方に気をつけろ」

「隊長と認める相手なら隊長と呼ぶさ。だがな、この状況で毎日毎日ふらふらするばかり。主君の苦境に目をつぶって保身に徹している。――そんなやつを近衛の隊長なんて呼べるもんかよ」

「目をつぶるつもりはない。私は職務を正しく遂行する」

冷静な返答は、かえって神経を逆なでしたようだ。ヴェインは声を荒げた。

「そんな言葉に騙《だま》されると思うな！　こっちはあんたの評判をよく知ってるんだ。冷徹で利己的で無駄なことは一切しない人間だってな！」

「――……」

「職務を正しく遂行する？　どの口で言うんだ！　自分に害がなければそれでいいと思っているんだろう!?」

「ヴェイン、言いすぎだ」

ミエルがたしなめる。しかし心情的には彼と同意見のようだ。物言いたげな眼差しをこちらに向けてくる。

　エリアスはそんな部下たちを見据えた。

「おまえたちの意見はわかった。だが――」

　たしかにエリアスにとって大抵のことはどうでもいい。おいそれと他人に心を動かしもしない。

　しかしどんな時も職務に忠実であるがゆえに評価されてきた点を忘れてもらっては困る。主を守るのが務めというのなら、きちんと果たす。

「やみくもに伯爵夫人を非難したところでクビにされて終わりだ。何の解決にもならない。やるからには確実に結果を出さなければ」

「な――」

「おまえの言う通り、あの方に安全な環境を用意するのが我々の最初の任務だ」

　そう言い切ると二人は言葉を失ったように黙り込んだ。

　王女の部屋の扉を見やり、エリアスは扉をノックする。

「……ギゼラ様、失礼します」

　返事はない。かまわずに扉を押し開けると、部屋の中には誰もいなかった。

（そんなバカな――）

　あわてて室内へ足を踏み入れ、あたりを見まわして、目にしたものに息を呑む。

「――――……!?」

求める相手は、庭園に面したベランダにいた。降りしきる雪の中、ぽつんと立っている。

それがいかに愚かなことか、この国に住む者なら誰でも知っている。ベランダは春と夏の暖かい時節にのみ利用するもの。まちがっても極寒の冬に出ていい場所ではない。

それも帽子はもちろん、手袋も外套も身につけず、ドレス一枚の姿でなど正気の沙汰とは思えない。

「ギゼラ様……っ」

エリアスはまっすぐ部屋を横切ってベランダに向かった。

少女はすっかり血の気を失っていた。ガタガタと震え、くちびるは紫を通り越して真っ白になっている。

しかしエリアスが呼びかけると、虚ろに宙を見ていた瞳が、のろのろとこちらを向いた。小さな頭をゆるゆると左右に振る。

「いけません……」

か細い声に、外に出て近づこうとしていたエリアスは足を止めた。

「来て、は……いけませ……」

「これはいったいどういうことですか？」

「わたし……うまく……できなくて……」

真っ白い指が震えながら持ち上がり、室内のテーブルを指す。そこにはさしかけの刺繍がのっていた。

伯爵夫人が指示するように刺繍ができなかったから、罰として雪の降りしきるベランダに立たされていたとでも？　そうと察した瞬間、過去の記憶が稲妻のようにエリアスの脳裏にひらめいた。目がくらむほどの怒りが心の内で湧き起こり、膨れ上がる。

エリアスは余計な記憶を振り払おうと頭を振った。

「とにかく中にお入りください」

「夫人が……帰るまで……動くなと……」

「知ったことか」

近づこうとするエリアスを、思いがけず強い声が「ダメ……っ」と止める。

「わ……わたしに……同情、すれば……あ、あなた、も……ひどい目に、遭います……」

寒さにガタガタと震えながらの言葉が胸を衝いた。

これまでにも何度か、心ある者がギゼラ王女の窮状を何とかしようと試みた。しかしその結果、不名誉なぬれぎぬを着せられ、釈明の機会も与えられぬまま王都から放逐された。エリアスが話を聞いた者たちはそう口をそろえていた。

胸中で怒りが燃え上がる。十三の少女が、この状況においても――

「人の心配をしている場合ですか……！」

気づけば声を荒げていた。怒りは、主君が折檻《せっかん》を受けていることに気づかず、対応の遅れた自分へのものだ。

エリアスは雪を蹴散らすように大股で近づき、自分の上着を脱いで華奢《きゃしゃ》な身体を包み込む。そのまま抱き上げると、まるで本物の人形のように軽かった。不安になるほど軽い。

部屋の中で立ち尽くす部下たちに声をかける。

「ヴェイン、暖炉の火を強くしろ。ミエル、乾いた布と着るものを持ってこい」

ヴェインとミエルは指示通りにすばやく動いた。ほどなく部屋が充分暖まる。ミエルが戻ってくると、エリアスは暖炉の前でぬれたドレスを脱がせ、乾いた布でギゼラの身体をぬぐって厚手のガウンを着せた。

そのさなか、騒ぎに気づいた伯爵夫人が戻ってきたが、ヴェインとミエルが部屋の前で立ちふさがり、入室を阻止する。

「寄せ集めの下級仕官風情が！　わたくしに逆らったことをきっと後悔しますよ！　覚えてなさい！」

廊下から甲高い声の捨て台詞が聞こえてきた瞬間、腕の中のギゼラがビクッと大きく震えた。そしてエリアスの身を、少しでも危機から遠ざけようとするかのように、腕を突っ張って距離を取ろうとする。

「いけない……っ」

「ギゼラ様」

哀れなほど怯《おび》える少女を落ち着かせようと声をかける。しかし彼女は首を振った。

「わたしから……離れて。でないと……っ」

「ギゼラ様――」

自分よりも人の身を思いやる。そんな少女の弱々しい抵抗が胸を打った。

上官や仲間から常々氷のようだと言われ続けてきた心が、忌まわしい過去の記憶に触発され、自分でも驚くほどにぐつぐつと怒りに煮え立っていく。

「よく――」

やせ細った少女を見下ろし、食いしばった歯の隙間からエリアスはうめき声を漏らした。長い間、彼女が耐えたであろう苦難を思えば、ひとつの言葉しか出てこない。

「よくぞ生きのびてくださいました……！」

枝のような身体をかき抱き、掠れた声を吐き出す。

「この先は私がおります。決してギゼラ様におつらい思いはさせません……っ」

この少女を助ける。今度こそ守ってみせる。

それこそが、自分がここに送り込まれてきた理由なのだと、天啓めいたひらめきによってエリアスは悟った。

激情のままに主君を抱きしめながら、その時、ふと上げた視線の先に、あるものを見つけてぎくりとする。

ベランダに亡霊が立っていた。肌に奇妙な斑点を浮かべた若い女だ。

（――――……）

じっとりと恨めしげな目を向けてくる亡霊から無理やり顔を背け、エリアスは充分に身体の温まった王女を寝台に運んだ。毛布をしっかりとかけてやるも、先ほどまで冷え切っていた少女の身体は今度、みるみるうちに体温が上がり、夜半にはうなされるまで高くなる。しかし付きっきりでの看病のかいあって、三日目には快方に向かい始めた。

ギゼラ王女の容体が落ち着いたのを見届け、エリアスはすぐに行動を開始した。

伯爵夫人の無用な折檻によって王女が肺炎を起こしかけたことの他、それまでの様々な証言をまとめた報告書を貴族院に提出し、伯爵夫人に教育係としての資質はなしと告発をしたのだ。

これまでであれば誰の目にもふれることなく揉み消されていただろう。

しかし養父に協力を仰ぎ、報告書について王妃派と対立する貴族たちの耳に入るよう仕向けたところ、ねらい通り問題は政治の場で取り上げられることになった。

伯爵夫人の失態は、それを命じた王妃の失点ともなる。その好機を逃す彼らではない。

審議の結果、伯爵夫人は年端も行かない王女への何年にもわたる無慈悲な言動を問題視され、教育係の任を解かれた。また家の名を汚したとして、田舎にある伯爵家の領地へ帰されたという。

そして今後は、エリアスをはじめとする近衛隊が王女の後見役となることが、正式に承認されたのである。

⚜

「ギゼラ様！　ギゼラ様！」

北翼の建物中にエリアスの声が響き渡る。

ギゼラの後見役をもぎ取って一ヶ月。一新された王女の身辺もだいぶ落ち着いた。新たな侍女や教師たちによって、彼女は立場にふさわしい扱いを受けている。

だがしかし、ちょっとした新たな問題が浮上していた。

「またやっているんですか？　いつまでたっても懐かれませんなぁ、隊長殿？」

大声を張り上げて廊下をウロウロするエリアスに、ヴェインが声をかけてくる。からかい口調に苛立ちながら返した。

「懐かれていないわけじゃない。……はずだ」

「とはいえ、我々はこんなごつい見た目ですからね。隊長に至っては大の男ですらひるませる目つきの悪さですし」

「これが地だ。わざとじゃない」

「今までギゼラ様の周囲には男がほぼいなかったみたいですから、怯えているんでしょうね」

「――……」

そう。どうやらギゼラ王女は異性が――それもエリアスのように冷然とした強面が苦手のようで、どうも避けられている気配があるのだ。エリアスが近づこうとすると逃げ、姿を消してしまう。

こんなに献身的に尽くしているというのに、いったい何が恐ろしいのか。こちらとしても途方に暮れるばかりだ。

ため息と共に困惑を吐き出す。

「……外見は変えられないからな。慣れていただくしか」

「まぁそのうち何とかなるでしょう」

「とにかくおまえは向こうを探せ。――ギゼラ様！　ギゼラ様、どちらにおいでです！」

ヴェインと別れ、エリアスは庭園に出た。雪をかぶった木々の間を歩きまわる。大股で歩を進めながら苛々した。

（まったく。こんなところで手間取るとはな……）

王女とは早いうちに信頼関係を築きたい。そのほうが仕事をしやすいためだ。

（いや……、仕事は関係ない）

私情だ。強い私怨だ。王女に味方し守る姿勢を明確にすることで、王妃を不快にさせるのなら望むところ。

（病床で憤慨し、寿命を縮めるといい――）

陰惨な感情で吐き捨てる。

しかしどこに行ったのか。本当に見つからない。

立ち止まり、周囲に首をめぐらせた、その時。近くで犬の吠える声が聞こえた。そういえば先ほどから断続的に聞こえていた気がする。

いやな予感に突き動かされ、エリアスは犬のいるほうに向けて足を速めた。

「ギゼラ様！」

「……アス……」

その時、まさに犬の吠える声の合間に、か細い返答が届く。

「エリアス……っ」

「ギゼラ様！」

さらに足を速めると、楡《にれ》の木の前で犬が吠えていた。ギゼラはその木の上で身を縮めている。恐怖を感じているのだろう。顔はこわばり、蒼白になっていた。

近づくエリアスに気づいたギゼラは、木の上からこちらに向けて大きく身を乗り出す。

その瞬間、枝が音を立てて折れた。

「ギゼラ様！」

エリアスは走ってそちらに向かい、犬の眼前に落ちた少女の上にとっさに覆いかぶさる。腕の中で彼女は恐怖に震えていた。

「ご安心ください。もう大丈夫です」

安心させようと声をかけつつ、犬の様子をうかがう。と、ただこちらに向けて吠え続けるばかり。

「そうか――」

あることに気づき、エリアスは身を起こした。震える少女を怯えさせないよう、なるべく静かに声をかける。

「どうやら、この犬は鹿狩りに使われる猟犬のようです。大きな声で吠えるだけ。決して獲物に手を出さないよう躾けられております」

その証拠に犬は決してこちらに近づいてこない。小さな声が恐る恐る訊き返してきた。

「……かまないの？」

「はい。おそらく飼育場から逃げたのでしょう」

エリアスは犬を刺激しないよう、ゆっくりと立ち上がる。そしてギゼラにも手を貸して立たせた。

「お怪我はございませんか？」

ドレスについた土を手で払ってやりながら訊ねると、少女は吠え続ける犬から逃げるようにエリアスの後ろに隠れる。

今日はずいぶん無警戒だ。そんなことを考えながら釘を刺した。

「これからは必ず近衛と行動を共にしてください。私がいれば、最初からこのようなことにはなりませんでした」

少女は何度もうなずき、小さな声で応じる。

「……め、なさ……」

「わかっていただければ結構——」

建物の中に戻ろうと手を差し出したとたん、ギゼラはこちらを見上げてぽろぽろと泣き出した。精巧な人形のように表情のない顔から、真珠のごとき涙がこぼれる。

エリアスはぎょっとして息を呑んだ。

「も、申し訳ありません……っ。きつく言いすぎましたか……？」

問いにギゼラは首を振る。

（では何だ。手をつなごうとしたのがマズかったか？）

自分の行動をふり返り、涙のわけを必死に考える。これも任務だ。人生で初めてと言っていいほど必死に頭をひねり、少女の真意を探ろうとする。

そんなエリアスの前で、ギゼラはしゃくり上げながらつぶやいた。

「迷惑、かけて……ごめんなさ……」

「そんな。迷惑というほどでは――」

バウ！　ワウ！

混乱の場に、再び威勢のいい犬の吠え声が響く。とたん、少女は悲鳴を上げて飛び上がり、エリアスにしがみついてきた。

小柄な身体に、きゅっと抱きつかれる感覚に――エリアスを頼り、助けを求めてくる柔らかい手の力に庇護欲がかき立てられる。こみ上げる使命感のまま、エリアスは少女の身体に腕をまわして抱き上げた。

仮に犬が襲ってきても届かない位置まで持ち上げる。

「ご安心ください。ギゼラ様には決して手出しさせません」

「――……」

そうすると少女はエリアスと同じ高さで見つめ合うことになる。涙にぬれた白い頬が赤く色づいた。

それは、普段感情を見せないギゼラが初めて見せた、人間らしい反応だった。

ややあって彼女は、こちらの首に抱きつく形で顔を隠す。そして耳元で、こしょこしょとささやいてきた。

「探されたかったの……」

「は……？」

「……ごめんなさい……」

「はぁ……」

言っていることの意味がわからない。が、信頼を築くにはまず相手を理解しなければならない。

（探されたかった？）

主君の真意を、エリアスはまたしても必死に考える。……しかしやはりわからない。

軍人の貴族に拾われ、新兵の訓練のような厳しい教育を受け、そのまま入隊した。力だけが価値ある世界でずっと生きてきた。宮廷に上がってからは陰湿な足の引っ張り合いが加わり、ひたすら隙を見せないことにのみ注力してきた。

そんな自分に、女性の――それも十三歳の少女の考えなど理解できるはずもない。

あきらめと共に白旗を上げる。

「失礼ですが、何をおっしゃっているのか、よく――」

すると首筋にしがみつく少女の手に、わずかに力がこもった。

「エリアスに探してもらえるのが、うれしくて……。だから、そのために隠れたの。……ごめんなさい」

聞こえるか聞こえないかの、ささやくような告白の意味は、人から優秀だと評価されることの多い頭脳をもってしても、すぐには呑み込めなかった。

「――ええと……」

(ようするにだ――)

虐げられて育ったこの少女は、大切にされていると実感したかった。よって、いなくなったら心配される――探してもらえると確かめたくて、わざと姿を消していたと、そういうことか？

(――……)

ようやく理解した瞬間、落雷にも似た衝撃を受け、エリアスの頭は真っ白になった。

四肢の先まで痺れるような甘い衝撃が、少しずつ心臓に集約されていく。これまで経験したこともないほど鼓動が強く、速くなった。おまけに胸がぎゅぅっと絞られる。これは何だ？

混乱し、ぐらぐらする思考が悲鳴を上げる。

(何なんだ、この無垢《むく》で清らかな生き物は……!?)

衝撃が過ぎ去った後にも、心臓の鼓動はなかなか鎮まる気配がなかった。

落ち着け。冷静になれ。じっと虚空を凝視し、謎の興奮状態にある自分を全力で抑える。

そうしながら、この汚れなき主君を守らなければという、いっそうの決心を固めた。

ややあってエリアスは、しょんぼりとした様子のギゼラへ、できる限り静かに声をかける。

「……初めて名前を呼んでくださいましたね」

「え……？」

「今までは『あの』か、『すみません』と呼びかけられるばかりでしたので……」

「それは……」

抱き上げられたまま、ギゼラは身を離して首を振る。

「気安く名前を呼ぶのは、慣れ慣れしくて礼儀に反すると教わったので……」

少女の顔を間近から見つめ、エリアスは言った。

「伯爵夫人に教えられたことはすべてお忘れください。事実に反する内容が多いので」

「名前を呼んでも失礼ではないの？」

「これほど近くにお仕えして、いつまでも名前を呼んでいただけないのでは、よそよそしく感じます」

「それなら、これからは名前で呼ぶわ。ヴェインも、ミエルも……」

ひとつ呼吸を置いて、ギゼラはおずおずと続ける。

「エリアスも……」

「はい」

間近でうなずくと、少女は儚い淡雪のような微笑みを見せた。

かすかとはいえ、初めて目にする主の微笑みである。
貴重なものを目にして、エリアスもまた、気づけば柄にもなく顔をほころばせていた。

第一章

シュヴァルツァウ城は、王都を見下ろすようにそびえる山を切り開いて建てられた王城である。

古来より平野を守る高台の要塞として使われていた建物が、歴代の王によって少しずつ増築された結果、雪山と一体化したような現在の姿になった。白い王宮は今やレースのようだとたとえられる美しく繊細な壮麗さを誇る。

住む者にとっては、夏は涼しく、冬は寒さの厳しい城でもあった。

城壁の端にある北翼は、元は獄として使われていた建物だとかで、一日中ほとんど日が当たらず、冬ともなれば雪の吹き溜まりになりがちだ。建物の周りは地面が剝き出しになったまま砂利すらなく、春と夏の間は常時ぬかるんで歩きにくい。長いこと人が暮らすのに最も不便な場所だと言われてきた。

しかし今はその限りではない。

手入れされずに生い茂っていた木立を伐採して風の流れを作り、なるべく雪が吹き溜まらないよう傾斜のある石壁を設け、地面には敷石を隙間なく敷き詰め、また建物の床下に湯の通るパイプを配し、木製の鎧戸しかなかった窓にはガラスを嵌《は》めて日光を取り入れるようにするなどの細々とした作業を、何年もかけて進めた結果、日常生活を送る上でほとんど不自由のない環境になっていった。

ギゼラが北翼に部屋を移された子供の頃と比べると、信じられないくらいの快適さである。

それもこれもすべては、彼のおかげ。

ギゼラはそっと自分の横を歩く背の高い男を見上げた。

鍛えられた長身に美々しい近衛の軍服をまとい、計ったように正確な歩調で進むのは、近衛隊長のエリアス・クレティアン。精悍《せいかん》な軍人であり、同時に宮廷においても卒なく振る舞う、非の打ちどころのない貴公子である。ただし麗しいというよりも威圧的な美貌と、息を呑むほど鋭い目つきを除けばの話だ。

初めて会った時は、強面を厳しく引き締め、いかにも恐ろしい印象だった。

『これより我ら三名が姫君を警護いたします』

そう言い、彼は冷ややかな目でギゼラを見上げてきた。

まばゆい金の髪に、冴え冴えと光るエメラルドグリーンの瞳。顔立ちの端正さは、怜悧《れいり》な印象を際立たせるものでしかなかった。

あの時ギゼラは十三歳。伯爵夫人から、軍人というのは乱暴で、機嫌を損ねるとすぐに暴力をふるうと聞いていたこともあり、挨拶を受けながら内心震えあがる思いだった。

しかしその後、予想に反して彼は伯爵夫人によるギゼラへの仕打ちに憤りを見せ、夫人を教育係から外してくれた。

ギゼラにとっては人生で最大の恩人である。

五年たった今も、彼の硬派な雰囲気は変わらない。眼差しは鋭く、笑顔を浮かべることはほとんどない。

しかし――

庭園に出て散歩をしようと玄関ホールに向かったところ、エリアスはすかさず先に進み、扉を開けてくれた。

「どうぞ」

外に出たとたん、冷たい空気に包まれる。深呼吸をしかけたところで、「失礼します」の声と共に抱き上げられ、変なふうに息を飲み込んでしまった。

「なっ、何をするの…っ!?」

彼は真顔で、ごく当然とばかりに応じる。

「床がぬれております。ギゼラ様がおみ足を滑らせては大変ですので、僭越《せんえつ》ながら私が運ばせていただきます」

見れば、確かに玄関前は昨夜降った雪のせいでぬれていた。しかし。

「わたしは庭園へ散歩に出るのです。抱き運ばれては散歩になりません」

ギゼラは精いっぱい王女としての威厳を込めて言うも、相手はビクともしない。

「このままでも外の空気は吸えますし、代わり映えのしない庭園の雪景色を眺めることもできます。警護をする身から申し上げますと、早く暖かい部屋に入ってくださると安心なのですが」

「わたしは、健康維持の散歩をするために外に出たのです。自分で歩かなければ散歩になりません。わたしの体力が衰えて不健康になってもいいというの？」

「その場合、私が万全の看護するだけですが、ギゼラ様にお苦しい思いをさせるのは本意ではありません」

「それなら――」

「とはいえ階段は特に危険ですので、下までお連れいたします」

「エリアス！」

抗議の声にもかまわず、彼は玄関先から庭園に向かうまでの、緩やかな階段状になった敷石の上を素早く進んでしまう。そして降りきったところで、いかにも渋々といったていでギゼラを地に下ろした。

いつものことだ。毎日、同じようなやり取りをくり返している。

（どうしてこうなっちゃったのかしら……？）

初めて会った時はいかにも冷徹な軍人という印象だったというのに、今は誰もがあきれるほど過保護な護衛と化していた。

ギゼラが足を踏み出す前に、彼は肘を差し出してくる。

「さぁ、まいりましょう」

「…………」

謎の気迫に――足下がぬれた状況で支えなしに歩かせるなどもってのほか、とでも言いたげな仕草に、ついつい彼の望む通りにしてしまう。

本来、これは護衛の仕事ではないと思うが、よくわからない。少なくとも近衛隊の副隊長であるヴェインやミエルは、いつもギゼラと一定の距離を置いており、決してふれようとはしない。

二人とも、ギゼラがいやなら自分たちがエリアスに言ってやめさせる、と常々申し出てくれているが、ギゼラはそれに対する返事を曖昧にしていた。

（別にいやというわけでは……ないから……）

十三歳の誕生日にエリアスが現れてから、ギゼラの人生は一変した。

それまでは王妃であるアンヌに虐げられて暮らしていた。彼女はギゼラに味方する者を徹底的に排除し、厳しい教育係をつけて、強い痛みと恐怖でギゼラを支配した。

時折自ら北翼に現れては、槍のような言葉でギゼラの胸を貫いた。

ギゼラの母は愛人であったため、父王の寵愛《ちょうあい》が別の女性に移ったとたんに捨てられたのだなどというのは序の口で、北の山中にある極寒の修道院に送られ、苦しんだ末に三年もたたずに病死したと、あげつらう笑みと共に知らされた。母のために泣くことも許されなかった。

『あぁ見苦しい。そのような顔をするとますます卑しく見えますよ』

『王女は感情を表に出してはならないのだと、何度言えば理解してくださるのでしょう?』

隣りに立つ伯爵夫人に鞭を鳴らして脅され、悲しみを無理やり心の奥深くに押し込んだ。

エリアスが二人の部下と共にギゼラの近衛になったのは、そんな中でのことだった。

伯爵夫人は近衛について、慣例に従い形だけ置かれたものだと言った。ギゼラも、彼らの登場で何かが変わるとは微塵《みじん》も思っていなかった。

しかしほんの一週間ほどで、エリアスは伯爵夫人を王宮から追い払ってしまった。

『アンヌ妃が病床にあったからできたことです。そうでなければもう少し手間取ったでしょう』

彼はそんなふうに言っていたが、おそらく簡単ではなかったはずだ。

それだけではない。彼はギゼラのために信用のおける侍女をそろえ、温かく美味しい食事を用意し、ふんだんに薪を使って部屋を暖め、安心して暮らせる環境を整えてくれた。

宮殿を住みよくするよう、細々とした改修や手入れをさせたのも彼である。

(まるで魔法のように何もかも変えてしまった……)

それが彼の仕事だったとはいえうれしかった。そして仕事柄、彼はギゼラの安全を誰よりも気にかける。誰かから心配され、大事にされる心地よさは、孤独だったギゼラを虜にした。

(今思い返すと恥ずかしいばかりだけれど……)

あの頃はまだ子供だった。よって急に姿を消したり、本当は何ともないのに気分が悪いと言ってみたり、怖い夢を見たと嘘《うそ》をついて泣いてみたり、あの手この手でエリアスを心配させた。彼に気遣われたかった。どんなことにも真摯に対処しようとする彼の顔を見るのがうれしかった。

そのため——

(やりすぎたのよね……)

あれから五年。ギゼラは十八歳になった。もう立派な大人である。

しかしエリアスは相変わらず、ギゼラが十三歳の小娘のままであるかのように何くれとなく心配してくる。過保護ぶりが宮廷で失笑を買っているとも聞き及んでいる。

自分が知らない人間にどう思われようとかまわないが、エリアスが笑われるなど看過できない。

よってギゼラは、何とか彼から自立しようと考えているのだが、これがなかなかうまくいかない。当のエリアスがまったく聞く耳を持たないためだ。

「ギゼラ様。お疲れになったらいつでもおっしゃってください。喜んで運ばせていただきますので」

エメラルド色の瞳が真摯に見つめてくる。怜悧に整った顔には「当然それも近衛の仕事の内ですが何か」と書かれている。

気持ちだけありがたく受け止めながら、ギゼラは自分の心をきりりと引き締めた。

「わたしがいつ外に出ても歩きやすいように、歩道に敷石を並べてくれたのはあなたでしょう？　自分の足で歩けないのなら何のための敷石なの？」

「私の不在中にギゼラ様が外に出る際、お困りにならないようにと考えてのことです。とはいえ私がギゼラ様から離れる機会がほとんどないため、実質無用の長物かもしれませんが」

「…………」

つまり彼の中で普段は抱き運ぶのが前提ということか。

（やはり放っておくわけにはいかないわ）

これ以上悪化しないうちに、速やかに彼の過保護を何とかしなければ。――決意も新たに顔を上げたところ、ギゼラは木の上に小さな影を見つけた。

「見て、リスよ――」

指をさした先では、枝とほぼ同じ色のリスがきょとんとした顔でこちらを見下ろしている。しかしギゼラの視線を感じたためか素早く走り去ってしまった。

「あーあ……」

一瞬で見えなくなってしまい、ため息をつく。

「見た？」

「いえ。リスを発見したと顔を輝かせるギゼラ様のお可愛らしさに見とれておりました」

ギゼラはがっかりした。リスがいなくなってしまったことも、あの可愛い姿を共有できなかったことも、つまらない。

「……そう」

一方で、まるで他のものへの関心などないとばかりに、じっと見つめられるのもいやではない。むしろ嬉しい。……決して口には出せないけれど。

ギゼラはひとりぼっちだ。母を喪い、父王とは一年に一度、新年の挨拶で顔を合わせるのみ。おまけに彼は側近と話をしていることが多く、きちんと目が合うのは稀だ。

ギゼラの心の中には、近衛や侍女たちに親切にされても埋まらないさみしさが常にある。

エリアスはそれを忘れさせてくれる。

（わたしは誰からも愛されていない）

そんな不安を、彼だけが払拭してくれる。だが――

「エリアス」

「はい」

「……何でもないわ」

「気になります。わざわざギゼラ様が、私の名前を呼んでくださったのです。きっと何か大事な用があったのでは？」

「いいえ。何を言いたいのか忘れちゃった」

「そんなはずはありません。ギゼラ様は二週間近く毎日の献立を覚えていられるほど記憶力の明晰《めいせき》なお方。たった今思いついたことをお忘れになるはずがありません」

「でも忘れちゃったの！　……どうして二週間は献立を覚えていられると知っているの？」

「簡単なことです。毎日夕餐《ゆうさん》に出す料理の希望をうかがっておりますが、好物である鹿肉のミートパイを二週間に一度必ず注文されます。おそらくまんべんなく様々な食事をとらなければならないと知りつつ、それだけはなるべく頻繁に食べたいため、色々な献立の希望を出しつつ二週間が過ぎるのを待ってミートパイを注文されるのでは？」

「……好物なら他にもあるもの……」

「はい。牡蠣《かき》のグラタンやアスパラのクリーム煮など、特別に好まれる料理は十三種ほどございますが、それらは希望の頻度がばらばらであるため、やはりミートパイが一番と拝察した次第」

「あなたの記憶力のほうがすごいわ……」

まるでギゼラが出す献立の希望をすべて覚えていると言わんばかりの口ぶりに慄いてしまう。しかし裏を返せば、それだけの関心をギゼラに寄せてくれているということ。

ギゼラにとっては得難い味方だ。

（そんなエリアスと、いつまで一緒にいられるのかなんて……訊けるはずない……）

彼がこれまで、職務の域を越えるほどにギゼラを大切にしてくれていたのはまちがいない。しかし。

五年もの間、彼は王女の近衛という役目を担い続けてきた。もし彼が配属を変更したいと軍へ希望を出せば、聞き入れられる可能性が高い。彼が王女の護衛に飽きて、もっとやりがいのある仕事をしたいと願ったとしても、ギゼラはそれを止めることができない。

（あるいは——）

近くにいるからこそ、ギゼラはなんとなく、彼の心の中に誰か大切な人がいるのではないかと感じている。ふとした瞬間、遠くを見てつらそうに瞳を曇らせる彼の姿を何度か目にした。

今は何か事情があって一緒にいられないのだろう。けれどもしその人が、エリアスに傍にいてほしいと願ったなら、彼はどうするだろうか……。

「――――……」

異動の辞令が下ったと、エリアスが別れの挨拶に来るシーンを想像してしまい、不意に胸が苦しくなった。そのとたん、敷石の縁に躓《つまず》いて転びそうになる。

「あ……っ」

思わず彼の肘にしがみつく。と、エリアスはギゼラが転ばないよう、背中に腕をまわしてきた。まるで抱きしめるように。逞《たくま》しい身体が密着する感覚に頬が熱くなる。

「ギゼラ様。隙あらば私の好感度を上げるのをおやめください。迂闊《うかつ》なお姿までお可愛らしく、ますます目が離せなくなります」

「ちょっと躓《つまず》いただけじゃない」

照れ隠しもあり、そっけなく言い返す。彼はわかってる、と目線で応じて口元をほころばせた。

エリアスは笑顔を浮かべることがほとんどない。いつも真顔でいる彼は、ギゼラと一緒にいる時だけ、たまにこのわずかな微笑みを見せる。

他の人には決して見せない、心のこもった微笑みに、きゅぅっと胸の奥が締めつけられる。

（これは何かしら……？）

エリアスが近くにいる時にだけ感じる、甘やかで切ない気持ちの正体を、ギゼラは知らなかった。

⚜

三十分ほど庭園を散策した頃、近くで複数の人の騒ぐ声が上がった。

「何かしら……？」

声のしたほうを見て首をかしげると、エリアスが静かに応じる。

「念のため、お戻りください」

促されるまま来た道を戻っていた最中、異変は起きた。

「隊長！　ギゼラ様を中へ！」

遊歩道の先から走ってきたのは細身の若者――ギゼラの近衛隊のひとり、ミエルだ。

普段はおとなしくて物腰の柔らかな彼だが、今は顔を緊張に引き締めている。「どうした」というエリアスの問いにもきびきびと答えた。

「不審者です。王宮の本城のほうから来たようで――」

説明にかぶせるように、傍らの茂みがガサガサと音を立て、見知らぬ男が遊歩道に飛び出してくる。

「た、助けてくれ……！」

ぬれた敷石に膝をついているのは若い男だった。二十代半ばか、簡素でこざっぱりとした平民の格好をしている。しかし金の髪といい、整った面差しといい、見た目は貴族と言っても通りそうだ。

「何者だ」

エリアスが一歩前に出た。すると男は、背にかばわれたギゼラを目にして「あぁ！」と声を上げる。

「そこにいるのはもしかして王女様か!?　助けてください、俺はあんたの兄だ……！」

「は……？」

ギゼラに近づこうとした男を、エリアスは聞いたこともないほど冷たい声音で制した。

「死にたくなければそれ以上近寄るな」

「…………っ」

言われた男よりも、ギゼラのほうが驚いてしまい、まじまじと高い位置にある背中を見る。そこへもう一人、ギゼラの近衛が近づいてきた。

「お、いたか!?　うへぇ、隊長に見つかってら……っ」

活発で、いかにも敏捷そうな印象の青年は、フリッツという。裏表のない人柄と剣の腕を見込んで、昨年エリアスが隊に引き入れた新人だ。

「ほら、こっち来い！　あんたをギゼラ様の視界に入れたってだけで、俺ら後で隊長からメチャクチャ叱られるんだから！」

侵入者の腕をつかんでひねり上げ、その場から連れ出そうとするフリッツに、男は激しく抗った。

「俺は王子だぞ！　こんなことをしてただですむと思うな！」

「あんたこそ、これ以上ギゼラ様と同じ空気を吸ってみろ。夢でうなされるほど隊長にしばかれるぞ」

適当にあしらいながら外へ向かうフリッツに、ミエルも手を貸し、二人でズルズルと男を引きずっていく。ぽかんとそれを見送っていると、行く手から近衛隊副隊長のヴェインが小走りで現れた。

「すみません、ギゼラ様。お怪我はありませんか？」

「何があった？」

エリアスの問いに、ヴェインは口をへの字にする。

「例の王子の騒ぎだ。本城で罰則を言い渡されたとたんに逃げ出したらしく……」

「あぁ……」

短い説明だけで、エリアスは納得したようだ。ギゼラ首をかしげた。

「王子の騒ぎって……？」

と、エリアスとヴェインが顔を見合わせる。やがてエリアスが「お耳に入れるほどのことでもありませんが……」と前置きをして話し始めた。

「たびたび起きている騒動なのです。ギゼラ様は、アルベール王子の名をご存じですか？」

「ええ」

アルベール王子は国王の第一子だ。アンヌと結婚する前に、女官との間に生まれた子供と聞いた。

婚外子のため跡取りとはみなされず、王太子の座こそアンヌが生んだ息子ヨーゼフに渡ったものの、国王は結婚後もその女官を傍近くに置いて寵愛し続けた。

しかし隣国と戦争が起こり、国王が長く王宮を留守にしていた最中、女官と幼いアルベール王子は突如奇病にかかり、帰らぬ人となってしまったのである。……それが、王妃による某殺だったのではないかと噂されていることは、宮廷の事情に疎いギゼラでも知っている。

「しかしどういうわけか、巷にはアルベール王子が生きているという流説がありまして」

「まぁ……」

不憫《ふびん》な王子への同情がそのような噂を生み出したのだろう。王妃に殺されそうになったものの、王子は命からがら城から逃げ出した——そんな俗説が、今もまことしやかにささやかれているという。

「そのため、自分は死んだとされるアルベール王子だと名乗る輩が、たびたび王宮にやってくるのです」

エリアスの言葉にヴェインも大きくうなずく。

「全員、国王陛下にお目通りするどころか、官吏に嘘を暴かれ、重い罰を受けて放り出されてますけどね」

「どうして嘘だとわかるの？」

「王子の食事の好みや、日常の逸話なんて、当時王宮に勤めていた人間を当たれば聞き出せます。証拠にはなりません。突っ込まれたことを官吏に訊かれて答えられず、馬脚を現して終わりです」

「そう……」

小さくつぶやきながら、ギゼラは過去のつらい記憶を呼び覚まされた。

おそらくその女官や幼い王子も、国王の目がなくなったとたん、王妃の命令によってギゼラと同じ目に遭っていたのではないか。いいや。亡くなったということは、もっとひどい目に遭わされたのでは……？

「——……」

胸が痛み、ぎゅっと手を握りしめる。

あふれ出した自分の記憶と王子の逸話が絡み合い、心臓が不安にざわめく。じわじわと身体が冷えていく。

と、その時。

「ギゼラ様――」

ふいに、ふわりと抱き上げられる感覚があった。驚きのあまり暗い物思いも吹き飛んでしまう。

「な、なにを……!?」

「失礼。震えていらっしゃるので、お寒いのかと」

「ちがいます！」

逞しい肩につかまって言い返すも、彼は素知らぬ顔で応じた。

「それは申し訳ありません。しかしながら私は寒いので、ギゼラ様を運ばせていただけると身体が温まって大変ありがたいのですが――」

「え……」

「いつまでたっても屋内にお戻りくださらないからと、強硬手段に出ているわけではありません。どうか誤解なきよう」

暴挙の理由が判明し、ギゼラは足をばたつかせる。

「戻ります。自分で歩くから下ろして」

「……かしこまりました。ご命令とあらばしかたがありません。ギゼラ様は大人しやかな見た目にそぐわず強い意志をお持ちの方。楽な手段に甘えない毅然とした振る舞いには胸が震えるばかりです。自立心の旺盛な主君を私は誇るべきなのでしょう……」

いかにも不本意そうにぶちぶち言いながら、エリアスはギゼラの言葉に従う。しかし地に下りて一人で歩き始めた瞬間、ギゼラはぬれた敷石に足を滑らせた。

「ひゃ!?」

「ですから——」

後ろにひっくり返らないよう、すかさず抱き留めたエリアスが肘を差し出してくる。

「つかまってください。これだけは譲りません」

静かでありながら、どこか有無を言わせない響きを宿した声に、ギゼラは大人しく従った。

守られる感覚が心に染みる。しかし幼いアルベール王子には、ギゼラに与えられたような救いはなかったのだ。そう思うと胸が引き絞られるように苦しくなる。

そんなギゼラにエリアスはひっそりとささやいてきた。

「心配なさる必要はありません」

「え……?」

前を向いたまま、彼は感情のない声で続けた。

「アンヌ妃は死にました。あなたを脅かすものは何もありません。ご安心を」

⚜

アンヌは五年前——ギゼラがエリアスと出会った少し後に亡くなった。

そして命日からちょうど五年が経過した本日、慣例により前王妃を偲ぶ礼拝が、王宮内の聖堂で行われた。身内の祭儀で使われることの多いそこは、百名も入ればいっぱいになってしまう程度の、聖堂としては小規模なものだ。ギゼラも王族の一員として、末席にひっそりと加わった。

礼拝の中心にいるのはもちろん、父である国王と、異母兄の王太子ヨーゼフだ。

隅の席からギゼラは静かに父王を見つめた。

五十を超えているはずだが、王衣に身を包んだ姿は壮健で、力強い威厳に満ちている。

ギゼラがまだ子供だった頃、父王は母共々深く愛してくれていた。膝の上に乗せられ、よく遊んでもらった覚えがある。しかし新しい恋人に心を移した後、彼は母を王宮から追い出し、ギゼラを王妃に預けたきりまったく顧みなくなった。

(お父様……)

父に愛されていた頃の記憶はギゼラの宝物だ。当時、父は確かにギゼラを優しく抱擁し、服を引っ張っても、髭にさわってても笑顔を浮かべていた。ギゼラを天使と呼び、頻繁にキスをしてくれた。

今、父王の横には若く美しい女性と、三歳の小さな女の子がいる。

現在の王妃であるパウラと、ギゼラの異母妹にあたる王女だ。国王はアンヌの喪が明けるや否や、恋人だったパウラと再婚したのだ。

今はあの女の子が父の膝に乗って遊んでいるのだろうか。ふとそんなことを想像してしまい、ギゼラは目を逸らした。

父王から少し離れた席に座る王太子ヨーゼフは二十三歳。生まれた時から未来の国王として遇されてきた彼は、自信に満ちた堂々とした佇《たたず》まいだった。母親であるアンヌの実家、リンデンボロー公爵家一門を後ろ盾としており、宮廷での影響力も大きいという。

異母兄でありながら、これまでほとんど顔を合わせたことがない。ギゼラの顔を知らない可能性もある。

(まぁ、それはお兄様に限らないけど……)

長く北翼に引きこもって暮らしてきたギゼラは、宮廷の人々とまったくと言っていいほど親交がない。

国王に放置されている上、これといった後ろ盾を持たない庶出の王女など、宮廷に出たところで見向きもされないだろう。そう考えて、これまで出しゃばった真似をせずにいたためだ。

しかし――

その日、礼拝の最後に祭壇への献花に進み出た際、予期せぬことが起きた。

祭壇に花を置き、祈りを捧げた際、周囲に飾られていた白いバラの棘が、ギゼラの顔を覆っていた黒いヴェールに引っかかった。それに気づかず立ち上がった瞬間、ヴェールが外れてしまったのだ。

「――……っ」

突然、参列者に向けて素顔を晒すことになったギゼラは、驚きのあまり膠着《こうちゃく》してしまった。

と、「ほぅ……」と参列者たちからざわめきがもれる。「あれはどちらの令嬢だ?」「ギゼラ様だ」「あぁ、あ、あの……」。小声でのささやきの中に含みを感じたギゼラは、羞恥と混乱のあまり、固まったまま動けなくなる。

その時、懐かしい父王の声が石の聖堂に響いた。

「ギゼラか?」

思わず振り向くと、彼はまっすぐにギゼラを見つめていた。まるで今初めてその存在に気づいたとでもいうかのように。

「…………っ」

緊張のせいで声も出せずにうなずくと、彼は手を差し出してくる。

「これへ」

(お父様が……わたしを、お呼びに……!?)

信じられない思いに息を呑む。何度も確かめるも、国王はまちがいなくこちらを見つめていた。

ギゼラはふらふらとそちらに近づいていき、椅子に腰を下ろす国王の足下に跪く。

周囲が固唾をのんで見守る中、王は手をのばしてギゼラの頬に軽くふれてきた。

「美しくなった」

それだけ言うと、近くの空いている椅子を指す。

「そこへ座れ」

今度こそ、はっきりとしたざわめきが起きた。国王が椅子を勧めたということは、宮廷の中に居場所を与えられたことを意味する。王女として何らかの価値を見出されたと、皆は解釈したのだろう。

「は、はい……っ」

夢見心地で立ち上がったギゼラを、王の隣に座るパウラが冷たい目で値踏みしてきた。

一方、王太子ヨーゼフは刺すような眼差しを向けてくる。あまりの険しさに思わずひやりとするほどの。

（なぜ……？）

注目の中、ギゼラは緊張で硬くなりながら空いていた椅子に腰を下ろした。と、ひときわ強い視線を感じて動きを止める。

見ればギゼラの代わりにヴェールを回収したエリアスが、昏い眼差しでこちらを見つめていた。

⚜

母が王宮を追い出されて以来、ギゼラは宮廷で忘れ去られた存在だった。伯爵夫人の監督下にあった間はもちろん、エリアスが来てからもそれは変わらなかった。

だがしかし——

国王に声をかけられたその日から、ギゼラを取り巻く環境は大きく変わった。まず王宮の外れにある北翼から、中枢である本城に移るよう言われた。

ギゼラは北翼で充分快適に暮らしていると断ろうとしたが、事はそういう問題ではないようで、問答無用で移動が決まってしまった。戸惑ったものの、父王がそれだけ強くギゼラを傍に呼びたいと考えてくれた事実は、天にも昇るほどうれしかった。

「今までずっと我関せずだったのに、美しく育ったとわかったとたんに呼び寄せるとはな……」

近衛のヴェインはやや不満そうだったが、ギゼラ自身は、きっかけは何でもいいと思っていた。

父王がもう一人の娘の存在を思い出してくれたのだ。それだけで胸が浮き立つ。

「もう一度、家族として迎えてもらえるなんて夢のようだわ」

期待に胸をふくらませ、言われるまま本城の中にあてがわれた部屋にやってくる。

貴婦人用の客間だというそこは、寝室と居間と浴室の三間からなる瀟洒《しょうしゃ》な作りだった。淡いペールグリーンの壁紙が貼られた室内には、壁紙に映える薄紅色の張り布と飴色の脚で統一された家具が並び、立派な寝台はもちろん、大きなマントルピースを有する暖炉や、あらゆる小物がそろえられた見事な鏡台まで備えられている。

あらゆるものが優美な部屋は、父王がギゼラに寄せる関心の高さを示しているかのようだ。

高価なものでそろえられた部屋を得たというよりも、自分を大切なものとして遇してくれる父の気持ちに、ギゼラは舞い上がってしまう。

しかし現実はそう甘くなかった。

引っ越しが終わり、身のまわりが落ち着いた頃、父王の傍近くに仕えているという貴族が現れ、慇懃《いんぎん》な口調で言ったのだ。

「お喜び申し上げます。隣国ランドールの第三王子フロリアン様よりギゼラ王女殿下へ縁談の申し入れがございました。国王陛下におかれましては、お話を前向きに検討されるご意向にございます」

「……縁談？」

「は。王女殿下もすでに十八歳。ご結婚に適した年齢にございます。つきましてはこれより、こちらにてお輿入れの準備を進めていただきたく存じます」

「………」

その時、急な引っ越しの意味を理解した。

父王はギゼラを近くに置きたくて呼び寄せたわけではなかった。政略の駒としてすら忘れていた存在を思い出し、使い物になるよう、急いで教育を施す必要があるというだけだった。

無情な事実に打ちのめされつつも、何とか従順に応じる。

「……わかりました」

(ずっと疎遠になっていたんだもの……)

今すぐに愛情を思い出してほしいというのも無理な話かもしれない。

ひとまずは父の指示通りに花嫁修業をし、政略結婚を成功させよう。そうすればきっと娘を誇りに思い、昔のような笑顔を向けてくれるはずだ。

「仰せに従いますと陛下にお伝えください」

萎えそうになる気持ちを奮い立たせてそう言うと、貴族は当然とばかりにうなずき、事務的な伝達事項を言い置いて去っていった。

贅《ぜい》を尽くした広い部屋の中にぽつんと取り残され、ギゼラは窓に向かう。部屋の前には近衛がいるはずだ。呼べば入ってくるだろうが、今の顔を見られるのはいやだった。

ギゼラは窓際に立ち、美しい景色を眺める。北翼とは比べ物にならないほど、よく手入れされた広大な庭園が眼下に広がっている。

しかし今、エリアスが少しずつ改修し快適に整えてくれた、こぢんまりとした北翼に帰りたくてたまらなかった。まさにその時。

「ギゼラ様――」

軽いノックの音と共に、エリアスが入ってくる気配がする。ギゼラが振り向かずにいると、静かな足音がためらうように近づいてきた。

真ん中あたりで足音が止まったところで、ギゼラは窓に向けてひとりごちる。

「……ここに呼ばれたこと、本当にうれしかったのよ。でも陛下は……成長した娘の姿を目にして喜んでくださったわけではなかったのね」

美しく広がる庭園の景色がぐにゃりと歪《ゆが》んだ。こぼれる涙を見られまいと、努めて軽い口調で言う。

「すっかり勘ちがいをしてしまって……恥ずかしいわ……」

窓にうっすらと映ったエリアスは、小さくクシャミをした後、いつも通りの真顔で返してきた。

「今すぐハンカチを取り出し、ギゼラ様の涙をぬぐって差し上げたいと痛切に感じておりますが……」

窓に映る彼は、自分の手元を見下ろす。

「ですが今は両手がふさがっておりますので、どうかお嘆きになるのはそこまでに。でないとこの毛玉を放り出すという愚行に及んでしまいたくなります」

「毛玉？」

ギゼラはあわてて手の甲で涙をぬぐい、振り返った。と――

「まぁ……！」

エリアスの手の中にはリスが一匹抱かれていた。――というか囚われていた。首輪がついている。おまけに小さな四肢を振りまわし、必死の抵抗をしている。

その姿を目にしたとたん、悲しい物思いは吹き飛んでしまった。

「どこにいたの？　どうやって捕まえたの？」

「北翼の庭園です。木の上に罠《わな》を置いて捕まえました。ここへ連れてくる前に洗濯……いえ、入浴をさせたのですが、暴れて大変でした」

「あらあら」

ギゼラはリスの柔らかい身体をつつく。

「おまえもひどい目に遭ったわね……」

そのとたん、エリアスが再びクシャミをした。瞬間、捕まえていた力が弱まったのか、リスが勢いよく彼の手の中から飛び出す。と思ったら、ギゼラの腕を駆け上がってきた。

「わ……っ」

あっという間に頭上へ駆け上ったリスは、そこで周囲の様子を見まわしているようだ。思わず笑みがもれる。

「動けないわ……」

エリアスは、まぶしそうに目を細めてしみじみとつぶやいた。

「私もギゼラ様の神々しいまでのお可愛いらしさに胸を打たれて動けません……。見た目だけでギゼラ様のお心をとらえた毛玉を忌々しく思っておりましたが、愛らしい装身具としてのみ存在を許せる気がしてまいりました」

狭量なセリフをさらりと言い放ち、リスの首輪につけた紐を渡してくる。

「後で籠も用意させます」

「逃がしてあげなくていいの？」

「冬は餌を探すのも一苦労。人からもらえるなら、こいつも楽でしょう」

そう話すエリアスはなぜか鼻声だった。

「風邪？」

「いえ……。小動物にふれると昔からクシャミの出る体質で……。失礼」

横を向くと、肘で口元を隠して再びクシャミをする。

そんな体質にもかかわらず、ここまで連れてきてくれた。おそらくは、急な引っ越しに戸惑うギゼラの心を慰めるために。

（――……）

先ほどまでの孤独感が払拭され、胸に温かいものが広がる。家族はいなくても、彼がいるなら大丈夫だと感じる。

ぬかりのないエリアスは、餌となる木の実も用意していた。ギゼラはソファに腰を下ろすと、木の実を手のひらにのせてリスの前に差し出す。そしてせわしない仕草で食事をする様を観察した。

「ナッツが好物なのね。この子の名前はナッツよ」

「よく特徴をとらえたすばらしい名前です」

エリアスが少し離れたところから即答した。距離を取ればクシャミも出ないようだ。

やがてリスはギゼラの膝の上で眠ってしまう。と、エリアスはまたしてもしみじみつぶ

やいた。

「眠るリスと、優しいお顔でそれを見守るギゼラ様の慈しみ深いお姿……。絵画として永久に残しておきたいほど麗しい光景です」

「素敵。もし肖像画を作る機会があれば、この子と描いてもらいたいわ」

「即刻、画家を手配しましょう。歴史に残る傑作となるにちがいありません」

気が早い。おまけに大げさだ。ギゼラはリスを見下ろしながら小さく笑う。

それから少し迷った末に切り出した。

「……縁談のこと、聞いた？」

「はい」

「急で驚いてしまったわ」

「このところ宮廷の勢力争いが勢いを増しております。陛下は急いで手を打つ必要にせまられたのでしょう」

「どういうこと？」

「長年続いてきた国王陛下と王太子殿下の対立が深刻化しているということです」

エリアスの説明によると、元王妃の実家であるリンデンボロー公爵家は、元王妃をないがしろにし続けた国王への反感を募らせてきた。彼らは王太子を手の内に取り込み、何かというと国王の政策を批判しているらしい。今やどちらにつくかで宮廷は二分されている。

「そんな中、陛下が目をつけられたのが隣国ランドールに嫁がれた姉君の息子、フロリアン王子です」

国王は、甥であるフロリアン王子とギゼラとを結婚させ、口実を見つけてヨーゼフを廃嫡し、ギゼラに王位を譲るつもりでは——。二人の縁談を耳にした人々の間では、早くもそんな噂がささやかれているという。

「わ、わたしに王位を……？」

「はい」

嫡出でないギゼラ一人では貴族の支持を得にくい。しかし王の血縁であり、れっきとした隣国の王子であるフロリアンが伴侶であれば、その限りではなくなる。

「政治に疎い王女をお飾りの王位に据え、国王が選んだ貴族がその後見になる。そうすればリンデンボロー公爵家に国の未来を渡すこともなくなるという寸法です」

「そんな……」

ギゼラは困惑して押し黙る。今まで政治とはまったく関わらずに生きてきた。いきなりそんなことを言われてもどうすればいいのかわからない。……いや、おそらく何もしないことを期待されているのだろうが、それにしても……。

思い悩んでいるとエリアスが訊ねてきた。

「ギゼラ様はどうなさりたいですか？」

「え……？」

「私はギゼラ様の近衛です。たとえ陛下といえど、ギゼラ様のご意志に反する真似を許すつもりはございません」

恐ろしいことを、彼は恐れる様子もなく言い放つ。

「乗り気になれないのでしたら、縁談を潰してごらんに入れます」

「エリアス！」

ギゼラは血の気が引く思いで首を横に振った。

国王の計画を潰すなど大それたことだ。もし露見すればエリアスもただではすまない。そんな危険な真似を許すわけにはいかない。絶対に。

（それに……）

ギゼラは別に縁談を拒否するつもりはなかった。それで父王の役に立てるなら嬉しいくらいだ。

そう、エリアスが心配する必要はない。ギゼラは決して無理をしているわけではないのだから。

すばやくそう考えをまとめ、ギゼラは彼を見上げる。

「……陛下が必要だとおっしゃるなら、わたしはどなたとでも結婚します」

まごうことなく、それが今の気持ちだった。結婚と言われても、まだあまりピンとこない。しかし一般的には政略結婚こそ王女の務めと言われている。

ギゼラの宣言に、エリアスは反論することなくだまって頭を下げる。しかし長く傍にいるギゼラは、彼の口元がいつもより硬く引き締められていることに目ざとく気づいた。

それは、彼が本心では納得していない証だった。

第二章

真冬の最中にもかかわらず、シュヴァルツァウ城は祭りのような明るい雰囲気に包まれていた。

ギゼラが隣国ランドールの王子との縁談を受け入れてから二ヶ月。両国にとって利のある縁談はとんとん拍子に進み、ほどなくフロリアン王子がこの国にやってくることが決まった。

年が明けて間もなくランドールを発ったという彼は、順調に旅を続けているようだ。何事もなければ今日にでも到着するだろう。

そして今夜早速、国王主催で歓迎の夜会が催される。そこでギゼラは初めてフロリアン王子に引き合わされる手はずになっていた。

（いよいよだわ……）

この二ヶ月の間、嫁入りにあたって必要な知識や振る舞いを身につけ、ダンスの練習をし、ランドール語を学んできた。また事前に相手のことを知っておきたいと、大使を招いて王子について話を聞いて準備を進めてきた。それらの成果が試されることになる。

ギゼラは不安と緊張を抱えつつ支度に臨んだ。

そもそもギゼラはこれまで夜会に参加した経験がない。それどころか夜会用のドレスを身につけたこともない。

尽きない不安を、普段はパウラに仕えているという、洗練された侍女たちが払拭してくれた。王の命令でギゼラの部屋にやってきた彼女たちは、途方もない手間と時間をかけて、慣れない王女を美しく飾り立ててくれたのである。

だが——すべてを終えて鏡の前に立ったギゼラは、見たこともない自分の姿を喜ぶどころか、困惑するばかりだった。

何しろ優美な菫色《すみれいろ》のシフォンドレスは、胸元や肩が完全に露出している。これまで常に首まで隠すドレスを身につけていたギゼラは、気後れしてしかたなかった。おまけに今日のためにと国王が用意した宝飾品は、おののくほどきらびやかな細工である。

「——……」

（ちょっとハデすぎない……？）

ギゼラは新たな不安にさいなまれて鏡の前に立ち尽くした。

これでいいのか。フロリアン王子の気を引くことができるだろうか。わからない。

右に左にと身をよじって確かめる中、隣の控えの間から近衛たちの雑談が聞こえてくる。

『フロリアン王子はもう到着されたんでしょうか』

『あぁ。評判はいまいちみたいですね。安心しましたか？』

ヴェインの軽口にエリアスが答える。

『……ギゼラ様の伴侶となる方だ。立派であるに越したことはない』

『ハハッ、心にもないことを言ってら』

茶化すフリッツの言葉に、笑い声が上がった。

（そうだわ。皆の意見を聞かせてもらえば……）

そう思い立ち、控えの間に向かう。少しためらってから、思いきってドアを開けると、四人の目線が集まってきた。とたんに不安がぶり返す。腕の良い侍女たちの判断にまちがいなどあるはずもないが、それでも――

「……おかしくない？　少しハデかしら？」

おずおずと訊ねると、驚きに目を瞠《みは》っていた近衛たちが首を振った。

「ギゼラ様、見ちがえました」

「大変おきれいですよ」

まずヴェインが、そしてミエルが、それぞれ笑顔で褒めてくれる。

ややあって、こちらをじっと見つめたままエリアスが進み出てきた。胸に手をあてて真摯に訴えてくる。

「美しいという言葉だけでは到底足りません。あらゆる美の要素すべてが完璧な均衡を成した奇跡のようなお姿に、前に立つだけでまぶしさのあまり目が潰れてしまいそうです。……そしてそのお姿を目にする予定の、すべての男の目が今すぐ潰れることを願ってやみません。信奉者が増えて厄介なことになるのが目に見えておりますので」

「隊長、本気っぽくて怖いッスよ」

苦笑いで言うフリッツの声に、笑いが起きる。ギゼラもようやくホッとした。

何にしても正直な彼らの賛同を受け、ようやく夜会に参加するにふさわしい仕上がりになっていると自信が湧いてくる。

（悪い反応でなくてよかった……）

その後、侍女と近衛たちに見送られてギゼラは部屋を後にした。ここからは近衛隊長のエリアスが、夜会の会場である大広間までエスコートしてくれることになっている。

彼は特別な時のための、近衛の礼服だった。紺地に金の装飾が映える美々しい上着に勲章をつけ、腰に華やかな細工の銀のサーベルを下げている。同じく紺色の脚衣には剃刀《かみそり》のようにまっすぐな折り目がつき、おそろしく長い脚を際立たせていた。

いつもとちがう格好をしたエリアスの姿は、どういうわけかまぶしくて目がちかちかしてしまう。おまけに視界に入るとそわそわした気分になるため、直視しにくい。にもかかわらず彼は大広間へ向かう間ずっと、ギゼラの顔をのぞき込むようにして大まじめに注意事項を並べてきた。

「よろしいですか。私も気をつけますが、会場では決して男と二人きりにならないでください」

「えぇ。そんな機会はないと思うわ」

「おそらく男たちは隙を窺い、何とか機会を作ろうとするでしょうが、絶対に乗ってはいけません」

「心配しすぎよ。わたしに注意を払う男性なんて、近衛のあなたたちくらいだもの」

これまでの経験を思い返して自明のことを言うも、エリアスは頑迷に首を振る。

「それは普段から私が目を光らせ腕によりをかけて――いえ」

ゴホンと咳払いをし、彼は改めて続けた。

「もし私がギゼラ様の近衛でなければ、どこかの部屋に引っ張り込むために、思いつく限りの策を弄したにちがいありません。口にするのが憚《はばか》られるようなものも含めて」

「というと……？」

「とにかく、充分気をつけてください」

「わかったわ」

よくわからないが、きっといつもの過保護だろう。心配しすぎだとは思うものの、彼に心配されるのはいつだってうれしくて、胸がくすぐったくなる。

「ようはエリアスから離れなければいいのね」

「なぜそっぽを向いておっしゃるのですか？　何か問題でも？」

「別にないわ、問題なんて」

「でしたら私の目を見て約束してください」

「――……っ」

鋭い指摘に、思わず彼を振り仰ぐ。と、まっすぐに見下ろしてくるエメラルド色の瞳と視線が重なった。額にかかる金の髪が、涼しい目元に微妙な陰影を落としている。エリアスなのに、見慣れない礼服を着ているだけで、まるで別の人のように感じてしまう。

(どうしてかしら。まぶしくて……)

「ギゼラ様、お顔が赤いようです。もしやお加減でも……」

すかさずのばされてきた手を、ギゼラはやんわりと避けた。

「体調は大丈夫。それに挨拶だけでもしなければ、陛下が夜会を開いた意味がないわ」

「……おっしゃる通りです」

歩いている間にいつの間にか、ギゼラは大広間の前に到着していた。ふわふわした気分でいられたのはそこまでだ。

エリアスと並んで中へ歩を進めていくと、あふれる光に包み込まれて目がくらみそうになる。多くのシャンデリア、ガラス、鏡、金銀の装飾が光を弾き、そこは昼間のように明るかった。大理石で模様の描かれた床は、人の多さゆえにほとんど見えない。

光沢のある鮮やかな色のドレスや宝飾品で着飾った招待客が次々に振り向き、ギゼラの姿を目にすると軽くお辞儀をしてきた。そうしながらも目線だけはぴたりと貼りついてくる。こんなのは初めてだ。

多くの注目に耐えられず、エリアスの肘にかけた手が震えた。すると彼は、高い背を少しかがめてささやいてくる。

「ギゼラ様は今夜の主役の一人です。どうぞ堂々とお進みください」

「ええ……」

必死の思いでうなずき前方を向けば、そこには玉座についている国王の姿があった。横にもうひとつ椅子が置かれ、国王によく似た面立ちの青年が腰を下ろしている。あれがフロリアン王子か。

エリアスと共にその前に立ち、まずは国王に膝を折って挨拶をした。いつもとはちがう娘の姿に満足してくれたようだ。国王は笑顔で、隣の席に座る青年を振り向く。

「フロリアン殿、娘のギゼラです」

「ギゼラです。以後お見知りおきを」

紹介を受け、ギゼラは緊張しながら青年に向けて頭を下げた。

フロリアンは値踏みする眼差しでそれに応じる。垂れ目がちな目には、世のすべてを傅《かしず》かせてきた者特有の横柄な色があった。盛大な宴にも慣れているのだろう。ギゼラを見下ろしながら、彼は退屈そうにワインのグラスに口をつけた。

「こちらこそ」

少しも熱のこもらない声。どうやら気に入られなかったようだ。ギゼラはぎゅっと絞られるような不安に胸をつかまれる。

恐る恐る父王を見上げると、彼は失望を宿した眼差しでこちらを見下ろしていた。

瞬く間にあふれ出した劣等感に全身が冷たくなっていく。やはり多少装ったところで、

（あぁ、ダメだった……）

ギゼラが誰かに好かれることなどないのだ……。

力なくうなだれるギゼラの前に、その時、周囲の目も構わずエリアスが跪いた。

「ギゼラ様――」

こちらを振り仰ぎ、彼は人前ではめずらしい微笑みを浮かべる。

「お傍にお仕えし始めてより五年間、この時を待ち焦がれておりました。公の場所で最初のダンスの相手をするという至上の栄誉を、どうか私にお与えください」

「えぇ……」

フロリアンから相手にされなかったギゼラの気持ちを慮っているのだろう。大仰な申し出をありがたく思いながら、ぎこちない笑みを浮かべてうなずいた。

すると彼は完璧なエスコートでギゼラを踊りの輪の中に連れて行き、音楽に合わせて踊り始める。練習した通りだ。柔らかい管弦の調べに身を任せ、規則的なステップを踏むうち、ギゼラは落ち込んでいた気持ちが少しずつ持ち直してくるのを感じた。

「ありがとう、エリアス……」

「何のことだか。それに油断している場合ではありませんよ。今宵のギゼラ様は、絵画から抜け出してきた美の女神そのものと言っても過言ではありません。私にとっては美の女神も霞むほどですが、それはさておき周囲を見てください。狼たちがねらっています。どうかくれぐれもご用心を」

「…………」

促されてそっと周囲を見まわすと、確かに目立っているようだ。大勢の招待客がこちらを見ている。だがそれはおそらく、初めて姿を現した王女への物珍しさがあるだけではないだろうか。あるいは。

(礼服姿で優雅に踊るエリアスを見ているとか……)

ギゼラの目には相変わらず、彼の姿が光を放つかのように見える。煌々と輝くシャンデリアの下にいるせいだろうか？　不思議だ。

まぶしさにそっと目を逸らした時、意外な相手が近づいてくることに気づいた。

エリアスが身につける紺色の礼服よりも華やかな純白の肋骨服。金の肩章をつけ、裾の短い上着から赤い脚衣がすらりとのびている。

「お兄様……」

艶のある金の髪を後ろになでつけ、青い瞳に自信に満ちた笑みを浮かべているのは、異母兄である王太子ヨーゼフだった。

「やぁ、ギゼラ」

王に次ぐ高貴な立場である彼は、背後に三名の美々しい近衛を従えている。二十名近いという彼の近衛は、ほとんどが後ろ盾であるリンデンボロー公爵家の息のかかった貴公子だと聞いている。

緊張するギゼラを、ヨーゼフは取るに足らぬ者でも見るように冷たく見やった。が、口調だけは丁重に切り出す。

「すまないが、おまえの近衛隊長を少しだけ貸してくれないか？」

「え？」

「……いい？」

思いがけない申し出に、ギゼラはエリアスを振り仰いだ。

「はい」

エリアスは短くうなずき、ヨーゼフと共に離れていく。

(何かしら……？)

現在、ヨーゼフとギゼラの関係は微妙なものだ。おまけにリンデンボロー公爵家といえばアンヌの実家である。ギゼラとしては、どうしてもいやな予感を覚えてしまう……。

二人の去っていった先をぼんやりと眺めていると、すぐ傍で女性の声がした。

「もう！　せっかく離れたと思ったら、王太子殿下に奪われてしまったわ」

見れば貴婦人がひとり、扇を扇ぎながらするりとギゼラの横に寄ってくる。豊かな胸を誇示するようなドレスを身につけた妙齢の婦人だ。彼女は扇の陰で耳打ちをしてきた。

「王女殿下。もし殿方とお知り合いになりたいのでしたら、あの近衛隊長に他の婦人と踊るよう命じるべきですわ」

「え？」

「あの方ったら、先ほどから殿下に声をかけるチャンスをうかがう殿方たちを、氷のように冷たい目で牽制されていたのですよ。おかげで皆、なかなか近づけないようでしたから……」

「エリアスが？　気のせいでは……」

「気のせいなものですか！　おまけに見せつけるように王女殿下とダンスを踊ったりして……」

「いいえ、まさか――」

確かにエリアスは過剰な言葉で褒めてくれたが――彼が大げさなのはいつものこと。

もし貴婦人の言葉が真実で、ギゼラに見知らぬ男性をも惹きつける魅力があるというのなら、引き合わされたフロリアンの反応はもっと異なるものだったはずだ。

うなだれるギゼラに向け、彼女はくすりと笑う。

「ですから命令して遠ざけておしまいなさい。私におまかせくだされば、彼を長く引き留めてさしあげますけれど？」

「あぁ……」

胸に手を当てて申し出てくる貴婦人の真意を、ようやく理解した。ようするに彼女はエリアスの気を引き、魅了したいようだ。大人の色香のにじむ姿に胸がきしんだ。

（わたしもこの方のように女としての魅力があれば、フロリアン王子や、男の人を虜にできるのかしら……。……エリアスも……？）

ぽろりとこぼれた考えに、ハッと息を呑む。その時、断固とした声が割って入ってきた。

「せっかくですがマダム。ギゼラ王女はそろそろご退出なさいます」

「…………っっ」

たった今、脳裏で思い浮かべた相手の登場に心臓が大きく音を立てる。

傍らで貴婦人が皮肉めいた笑みを浮かべた。

「あら。もう少し遊ばせてさしあげたら？」

「いかがなさいますか？」

近衛らしく淡々と問われ、ギゼラの中で哀しみが弾けた。訊かれるまでもない。エリアスがこの女性と踊る場面を眺めるなど、ちっとも楽しくない。

とっさに生じた見苦しい感情を押し殺し、ギゼラはかろうじて笑みを浮かべた。

「華やかな場に慣れていないもので疲れてしまいました。早々に退出する不作法をお許しください」

軽く会釈をすると、逃げるように大広間の出口に向かう。後ろにエリアスがぴったりとついてくる。

廊下に出たギゼラは、そのまましばらく足早に進み、人目のなくなったところでくずれ落ちるようにしゃがみ込んだ。

「ダメだった……！」

今まで堪えていたものが噴出する。父に期待されて、絶対にきちんとやり遂げてみせるという気構えで臨んだというのに。

ギゼラは両手で顔を覆った。

「……うまくできなかったわ。がんばったのだけど……」

フロリアンはギゼラとの結婚に乗り気にならなかった。そのことが父王に失望を与えた。

情けなくて涙が出てくる。やはり誰もギゼラを選ばない。着飾ったところで変わらない。

一度出てきてしまうと涙はなかなか止まらなかった。後から後からにじみ出し、震える声が漏れてしまう。

エリアスはきっと困っているだろう。わかっていても止まらない。

子供のようにしゃくり上げていると、ややあって彼がギゼラの前に膝をつく気配があった。そして、そっと――柔らかく腕をまわしてくる。

「フロリアン様は、まだこの国にいらしたばかり。きっとこれから挽回の機会がありますす」

長い腕に優しく包み込まれ、体温を感じて、ひりひりと痛みを発していた心が慰められる。

誰からも愛されないギゼラを、大切にしてくれる人がここにいる。その安心感にようやく気持ちが落ち着いていった。

ややあってギゼラは涙をぬぐう。

「そうね。……泣いたりしてごめんなさい、エリアス」

涙にうるんだ目で、ややこわばった微笑みを浮かべる。と、彼はギリ……と歯を噛みしめた。

よく見ればこぶしを握りしめている。震えているようだ。

「どうしたの？」

「いえ……」

首を振り、エリアスは離れようとした。しかしギゼラは今度、そんな彼に自分から腕をまわす。

（もう少し……）

もう少しだけ、このまま彼の優しさに包まれていたい。そんな思いでささやく。

「泣き顔を人に見られたくないの……。涙が乾くまで、隠してて」

いつもの感覚で少し甘えただけだ。特別な意図はない。エリアスはしかたなくつき合い、ぽんぽんと背中をたたいてくる――そのはずだった。

だがしかし。

次の瞬間、ぎゅっと思いがけず強く抱きしめ返され、ギゼラは息を呑んだ。何事かと思う間もなく、苛立ちを孕《はら》んだ声が耳元で低く響く。

「それなら私にも隠してください――」

息もできないほど強くギゼラをかき抱き、彼は押し殺した口調で訴えてきた。

「あの王子のための涙を、私に見せないでください……！」

「エリアス……？」

いつになく荒々しい仕草に驚いて、涙はあっという間に消えてしまう。怒っているようだが、その理由がわからない。何か悪いことをしただろうか……？

長い腕の中で身じろぎをすると、彼は我に返ったように、きつい抱擁から力を抜いた。

ギゼラは相手を振り仰ぐ。

「何かあったの？」

「……いいえ、何も……」

いつものごとく平坦な口調で、彼は応じた。

「ギゼラ様の途方もなくお可愛らしいおねだりが、隕石《いんせき》でも降ってきたかのような衝撃を私の胸にもたらし、我を忘れただけです。大変失礼しました」

そう言うとエリアスは身を離し、立ち上がりながらギゼラに手を差し出してきた。

違和感を胸の内にしまいつつ、ギゼラはその手につかまって立ち上がる。

「そういえば、ヨーゼフお兄様のお話って何だったの……？」

「軍内のことで少々……。特別な内容ではありません」

言葉少なに応じる彼の眼差しには、気のせいか、どこか冷ややかな気配がにじんでいるようだった。

⚜

ギゼラを部屋まで送り届けた後、エリアスはまだわずかに動揺を残した速い足取りで廊下を歩いた。

『泣いたりしてごめんなさい、エリアス……』

泣きぬれた瞳でギゼラが健気な微笑みを見せた時、胸中で激しい怒りが燃え上がった。

ギゼラを相手にしなかったフロリアンに対して。同時に、あんな人間のために涙を流すギゼラに対してもだ。

おまけに――

『涙が乾くまで、隠してて』

あまりにも無垢に甘えられ、エリアスの鉄壁の理性は一瞬にして弾け飛んだ。

（どこであのような媚態を学ばれたのか……!!）

否。彼女にそのつもりはなかっただろう。彼女は傷心を優しく包み込む抱擁を欲していただけだ。

ただ――十三歳の少女であれば可愛らしいだけの懇願も、十八の淑女が口にしては、どうしたって男を惑わす誘い文句に聞こえてしまう。

（そう。あの方はもう、立派な女性なのだ……）

エリアスは足取りを緩め、片手で顔を覆った。当たり前のことに今さら気づく己の鈍さに衝撃を禁じえない。加えて、直前まで彼女を泣かせていたフロリアン王子への深い苛立ちもあり、抱きしめたいという衝動を抑えることができなかった。

顔を覆った手で前髪をかき上げ、エリアスはため息をついた。

(王子は噂通りの遊び人のようだ)

今夜のギゼラの姿——咲き初めの花のように清らかで慎ましい魅力に、まったく心動かされた様子がないとは、いったいどういう趣味をしているのか。

(目はついていたようだが、飾り物か？　ちゃんと見えているのか？　節穴にもほどがある！)

とはいえ事前に独自のツテで調べた結果から、二人の相性が良くないことは予想がついていた。

フロリアンはギゼラより四つ年上の二十二歳。日中は寝て過ごし、夜になると舞踏会と貴婦人との恋愛遊戯にいそしむのが日課。話題はもっぱら恋愛や遊興のことで、政治や経済、軍事への興味は皆無。実に傀儡《かいらい》に向いた王子と言えよう。

エリアスはフン、と鼻を鳴らした。

ギゼラの純粋さ、清らかな人となり、賢さ、努力、気遣い、芯の強さ、王女としての覚悟、責任感、誇り高さ、気高さ、見た目だけでない心の美しさ、あらゆる美点に、まったくふさわしくない。

おまけに身のほど知らずにも、フロリアン王子はこの縁談に乗り気でないらしい。

それが最も腹立たしい点だった。

ランドールは気候の温暖な豊かな国で、文化水準も高い。そこで生まれ育った王子の目には、この国が田舎に見えるようだ。王女のほうをランドールに呼べとごねているという。

(何から何までまるで釣り合っていない!)

グラグラと胸の中で怒りが湧き立つ。さながらネズミと白鳥が結婚するかのようだ。

(いや、ネズミすらもったいない。何の準備もせず、ただ言われるままにこの国にやってくる王子など、ネズミについたノミで充分だ。ノミ王子め!)

もはや支離滅裂な悪口雑言を心の中で並べ立てる。

さらに腹が立つのは、この縁談が決まった時、ギゼラによく頼まれてしまったことだ。

『フロリアン王子がわたしとの縁談を喜んでくださるよう、できることは何でもしようと思うの。あなたも手伝ってくれる?』

エリアスの手を取り、しっかりと握りしめて彼女は訴えてきた。

『お願い。わたし、男の人の気持ちってよくわからないから。……ね?』

小鳥のように軽く首をかしげて、真摯に懇願されれば、エリアスは拒むことができない。内心どれほど反発していようと、口に出して彼女の瞳を悲しみで曇らせるような真似は決してできない。

たとえ、ギゼラが幸せになれるとは到底思えない相手の評判に、はらわたが煮えくり返っていたとしても！

（まったく……！）

だが――懇願に負けたエリアスが、渋々了承した時のギゼラのホッとした顔を思い返せば、爆発しそうな腹立たしさも手のひらにのせた雪のように溶けてしまう。

『ありがとう……』

こちらの手を握りしめたまま、淡い微笑みを浮かべた。たったそれだけのことが、エリアスにとってどれほど得難い褒美になるのか、彼女は知らないだろう。

五年の間、無垢な主は近衛の気を引こうと、数々の見え透いた嘘や愛らしい芝居を披露し続けてきた。気づかぬふりでそのすべてに全力で応えた結果、彼女はエリアスの忠誠と関心のすべてが自分のものであると、今は理解している。

そんな彼女が示す全幅の信頼は、エリアスを喜ばせ、同時に打ちのめしもする。

「まったく……」

『挽回の機会があります』などと、よく言えたものだ。

目を閉じれば夜会用のドレスで美しく装ったギゼラをはっきりと思い返すことができる。

菫色のドレスを仕立てさせたのはエリアスだ。ギゼラの、初々しく、それでいて女として花開こうとしている魅力を引き立てるべく、色も形も細部に至るまでこだわった。

事実、あのドレスをまとって踊るギゼラは清らかな色香を振りまくかのようで、誰もが手折って自分のものにしたくなるほどの蠱惑に満ちていた。

もしエリアスが傍に貼りついて牽制していなければ、花に群がる蜂のように多くの男が集まり、収拾のつかない事態になっていたにちがいない。

しかし彼女はフロリアンとの対面がうまくいかなかったというだけで必要以上に落ち込み、自信を失っていた。

（ノミ王子が。表面だけでももう少しギゼラ様の顔を立てればよかったものを……！）

だが一方で、仮に彼がいい顔をして、興味もないのにギゼラの初めてのダンスの相手を務めていたらなど――想像するだけで憤死しそうだ。エリアスは心の中で、フロリアンの垂れ目顔に渾身の力でこぶしをたたき込んだ。

だが、それでも――国王の命令に従い、フロリアンと結婚するのが彼女の望みというのなら受け入れるしかない。

親の愛に飢えたギゼラは、父王の関心を何よりも欲している。縁談が首尾よく運べば、また昔のように良い関係を築けるのではないかと期待しているのだ。

正直、甘い。人の良心を過信している。しかし彼女のそういうところが――

続く言葉を、エリアスは注意深く呑み込んだ。近衛の身には不適切なものだ。

彼女への思慕はあくまでも、徳の高い主君を誇るがゆえの過剰な忠誠心でなければならない。

(もう小さな少女ではないのだから――大人の女性におなりなのだから、近衛が相手でも軽々しくふれてはならないと、おいさめするべきだろうか……)

理性はそう伝えてくる。だがきっと自分は言わないだろう。そんな予感がした。

この五年間、片時も目を離すことなく見守ってきた。自分の妹と思って愛し、助け、守った。

大げさな賛辞や忠誠の言葉は、哀れなほどにすり減っていた彼女の自尊心を取り戻すため。――彼女がまだ少女だった頃は、本当にそれだけだった。

だが今、十八歳になったギゼラが、他の男のために必死になっている姿を目にして、とめどなく湧き上がってくる感情がある。怒りによく似た激情は、抑えれば抑えるほど煮詰まっていき、胸を焦がす。

「――……」

エリアスは両手を固く握りしめた。力が入りすぎて震えるほど強く強く握りしめる。

そうでもしないと、あらぬことを口にしてしまいそうだ。

自分がいればいいじゃないか。つまらない男たちの思惑は忘れて北翼に戻り、今まで通りに暮らそうと――薄汚い本音をぶちまけてしまいそうになる。

彼女は手探りながら、きちんと大人になろうとしているのに。エリアスだけがいつまでも、時が止まったかのような北翼での日々に囚われ続けている。

（情けない……）

王太子ヨーゼフとの短い会話は、エリアスのそんな自制を揺るがしてきた。ひとつの大きな可能性を突きつけ、エリアスの欲求をあおってきた。

（安易に口車に乗るつもりはないが、しかし――）

人気のない夜の廊下を歩きながら眉根を寄せる。主君の名前が耳に入ったのは、その時だった。

「ギゼラ王女に近づきたい。手を貸してくれ」

聞き捨てならない言葉に、エリアスはふと歩調を緩める。見れば、廊下に置かれた客用の長椅子で、二人の男が額を近づけて話をしている。内容のわりに声が高いのは、周囲に人気がないためか。

エリアスは柱の陰で足を止めた。得々と話す声が聞こえてくる。

「はは。おまえもあの方に惚れたくちか？　いや実は俺もな――」

「そういう話じゃない」

男はそこで低く笑う。

「ヨーゼフ殿下が王女の情報を求めておられる。なにせ今までほとんど宮廷に姿を見せず、謎に包まれているからな。有益な情報を殿下のお耳に入れれば、褒美をはずんでくださるらしい」

「ははぁ、王太子殿下がねぇ……」

「なぁ、協力してくれ。こういうのはどうだ？　次の舞踏会でおまえがギゼラ王女に声をかけ、何か困らせるようなことをする。そこに俺が割って入り、助ける。すかさず夜の散歩に誘ってあれこれ聞き出す――」

「役割が逆ならいいぞ」

「ダメだ。俺のほうが顔がいい。もちろん成功したら褒美は山分けだ。な？　頼む」

「そううまくいくか？」

「世間知らずの小娘だ。楽勝さ」

「近衛はどうする？　怖い顔で貼りついていたぞ」

「常にってわけではあるまい。げんに今夜も少しの間、離れていた」

「まぁな」

「王女を助けてしまえばこっちのものだ。主人が俺に恩があると言えば、近衛とて逆らえまい」

「なるほど」

（たしかに――）

もし仮にギゼラが、誰かを自分の恩人として遇するよう求めてきたら、エリアスは内心はともかく応じるだろう。たとえ相手が二心を抱いた下種だとしても、それを告げてギゼラの耳を穢《けが》したくない。

（つまり排除するなら今のうちだ）

ちょうどフロリアンのことでイライラが最高潮である。説得に適していると言えよう。

エリアスは柱の陰から二人の前に進み出た。

長椅子に腰を下ろしているのは、美々しい宮廷服に身を包んだ二人の青年たち。知性の欠片もない目で、ぽかんとこちらを見上げ――次の瞬間、二人は顔を見合わせ、脱兎のごとく逃げ出した。

「けっこう。危機管理能力はあるようだ」

そう言いながらエリアスはひと息で距離を詰め、ほぼ同時に鞘に収めたままの剣を二人の背中とみぞおちに叩き込む。二人はあっけなく石の床に転がり、うめいた。

その目の前に立つと、エリアスはすらりと音を立てて剣を抜く。そして顔がいいほうの鼻先に剣先を突きつけた。

「どこがいいですかね。目か、耳か、鼻か、口か……。突き刺して、今より色男にしてさしあげますよ」

「ひぃぃ……っ」

その間に逃げようとしたもう一人の脚を鞘で払い、倒れ込んだ相手の後頭部を殴りつけて昏倒させる。

先に剣先を突きつけられたほうが、上ずった声を張り上げた。

「こ……っ、こんなことをして、後悔――ぉぉ……!?」

わめく相手の口の中に、エリアスは剣先を差し込んだ。と、相手は口を閉じることもできず、顔を恐怖に歪める。

「どうぞ。王太子殿下に泣きつかれるといい。私はあなたの計画についてご報告します」

そうなれば王太子は恥をかくことになる。自分の手の者でもない貴族を助けはしないだろう。

「ご実家を頼りに騒ぎを起こせば、過剰な暴力を振るった罪で私を宮廷から追い払うことができるかもしれませんね。しかしその場合、命よりも大切な主人と引き離された恨みのあまり、あなたに対してさらなる報復に走る可能性が高い。あまりお勧めしません」

「ぉぉっ、ぉぉぉ……」

「この先も、あなたとギゼラ王女は知り合わないまま生きていく。それが互いにとって最善の選択かと思いますが、いかがでしょう?」

「ぉ、ぉ、ぉ……」

相手は何度も大きくうなずいた。刃先に歯がかちかちとあたる。汚い。エリアスはわずかに眉を寄せた。

ここが地下牢なら時間をかけて、あらゆる器具を使って、もっとじっくりと諭すことができるのだが。

惜しむ思いで剣を引く。

「やり過ごしたと思わないでください。約束を忘れれば必ず思い出させにいきますので、そのおつもりで」

冷然とした言葉に、貴族はへたり込んだまま罵声を上げる。

「狂犬め！」

「お褒めいただき光栄です」

相手を威圧的に見据えながら、エリアスはゆっくりと剣を鞘に収めた。

踵を返し、歩き出そうとしてぎくりとする。廊下の隅に女の亡霊が立っていた。肌に奇妙な斑点を浮かべた女は、陰鬱な眼差しでじっとりとこちらを見つめている。

エリアスは胸に広がる苛立ちにまかせ、相手をにらみ返した。

（去れ！）

⚜

その後も国王はギゼラに、来訪したフロリアン王子を歓待するよう命じてきた。

父の期待に応え、フロリアンに喜んでもらおうと、ギゼラは接遇に慣れた貴族やランドールの大使に相談し、連日様々な娯楽に王子を誘った。王宮内の音楽会、王立劇場での観劇から始め、文学的なサロン、閲兵式、鹿狩り、舟遊び。ワインが好きだと聞けば近郊の酒蔵《カーヴ》に連れて行き、流行の屋内球技が好きだと聞けば王宮内の遊戯場に案内する。夜はもちろん連日のようにあちこちの舞踏会に参加する。

しかしどんな場面でも、彼はつき合いで一緒にいるといった態度を隠さなかった。舞踏会に関しては、彼が好むのは世界で最もはなやかだという母国で催されるもので、この国の舞踏会にはさほど心が動かされないようだ。

彼が唯一明るい表情になるのは、大勢の美女に囲まれている時だった。ことに王妃のパウラが現れると顔が輝く。

パウラは現在三十歳。もとは前王妃アンヌの侍女だったというが、国王に見初められて愛人になり、やがて王妃となって娘を産んだ。

国王のパウラへの寵愛ぶりは王宮でも有名だ。金に糸目をつけずに容姿を磨き、高価なドレスや宝石で着飾る彼女は、同性のギゼラの目から見ても匂い立つような艶やかさである。

フロリアンは、花も盛りというパウラの美しさに惹かれているようだ。

「パウラ妃のようにすれば、わたしのことも気に入ってくださるかしら……？」

年齢や容姿は変えられないが、他のことであれば真似できる。

ギゼラは侍女たちの協力を得て、パウラのように濃いめに化粧をし、華やかなドレスで装ってみた。しかしフロリアンには奇妙な目で見られただけだった。

パウラの立ち居振る舞いを研究するも、常日頃から引っ込み思案なギゼラに、妖艶で自信に満ちあふれた彼女の真似ができるはずもなく不発に終わった。

それでも——未来の夫に何としても振り向いてもらいたい。その一心で毎日あれこれと知恵を絞ったものの、芳しい成果は得られなかった。フロリアンはいつもつまらなそうにしている。

「もしかしたらフロリアン様は母国が懐かしく、さみしく感じていらっしゃるのかも……」

ある日そう思いついたギゼラは、ランドールの大使と相談しつつ、特別な昼餐会《ちゅうさん》の計画を立てた。王宮の小広間にランドールの風景画を集め、王宮の料理人に頼み込んで作らせたかの国の料理をテーブルに並べ、同郷の人々を招くのだ。

少しでも母国に近い雰囲気の中でくつろいでもらいたい。よってギゼラ以外の参加者はすべてランドール人である。猛勉強をしたかいがあり、ギゼラはランドール語での会話もほぼ不自由ないまでに上達していた。

当日、昼餐会は和やかに始まった。招待客は皆、見慣れた風景画や母国の料理を喜んでいた。しかしフロリアンは大して感銘を受けた様子もなく、相も変わらず白けた雰囲気だった。

（どうやら思いつきは的外れだったようね……）

自分の読みの不正確さに落ち込んでしまう。とはいえ、せめて雰囲気を明るいものにしようと、隣の席に向けて懸命に話しかける。

「フロリアン様、これまでは我が国のことをお話しするばかりでした。今日はぜひランドールのことを教えてください」

周りの客も、気を遣って会話を盛り上げようと協力してくれた。それでもフロリアンの反応はいまいちだった。

昼餐会の終盤には、他の招待客も気疲れしてしまったのか、そわそわと帰りたそうな素振りを見せる。ギゼラは意気消沈しつつ、お開きにすることにした。

「今日はお集まりいただき、本当にありがとうございました。おかげさまでとても有意義な時間を過ごすことができました」

決まり文句で締めくくると、招待客は挨拶もそこそこに、一人また一人と席を立つ。

事件はそんな中で起きた。

発端は、席を立ったフロリアンが何げなく放ったひと言だ。

「この次はパウラ妃も招待してほしいものだ。あの方はこの冬の国における唯一の太陽。お姿を拝見できれば、味気ない食事会も祭りのように楽しくなるだろう」

「…………」

未来の夫の言葉が胸に刺さる。頭が真っ白になりながら、ギゼラは必死に何でもないふうを装った。

「……はい。お忙しい方なので……約束は致しかねますが……、次はお誘いしてみます」

「頼んだぞ」

「はい……」

切れ切れに言葉を紡ぐ頭の中で、甲高い声がぐわんぐわんと反響する。

『それでなくともギゼラ様は、口にするのも汚らわしい立場の女性の血を引いていらっしゃるのですから』

『ギゼラ様は何ひとつ満足におできになりませんが、努力を怠ってはなりません』

『困った王女様ですこと！　お返事だけはよろしくて、実際には何をやらせても愚鈍なのですから！』

目の前が暗くなってきた。どれほど努力しても無駄だ。ギゼラはふしだらな愛人の娘だから。何ひとつまともにできない愚鈍な子供だから。誰からも愛されるはずがない。

常々抱えている、重く暗い劣等感がドッと襲いかかってくる。苦しい。鼻の奥がつんとする。しかしギゼラは何とか堪えた。

（いけない。こんなところで取り乱しては、皆に迷惑をかけてしまう……）

軽く瞬きをして涙を乾かし、顔を上げようとした、その時である。

「笑わせる」

どこかでぽつりと声がもれた。

小さな小さなつぶやきである。しかしあまりにも冷たい声音だったため、耳にした者すべてが氷にふれたように、ひやりとした気分になった。

「女の尻を追いかける前に、海綿のようにすかすかな脳みそに少しは常識を詰め込んだらどうだ」

「――――……」

ざわついていた室内がシン……と静まる。

(誰？　誰が言ったの？)

ギゼラはきょろきょろと首をめぐらせる。

誰の声なのかは、考えるまでもなく明らかだった。この五年間、毎日、一日中傍で聞いていた声だ。

だが言葉の内容は彼の人となりとかけ離れている。ギゼラの前で彼がこんな物言いをしたことは一度もない。想像すらつかなかった。

彼はいつだって礼儀正しい。ギゼラの近衛隊長として、常に思慮深い言動をくずさない。いわんや立場に背くようなことは決して口にしない。

（嘘よ。嘘。エリアスがこんなこと、言うはずがない――）

しかし小広間の中にいる者は皆、エリアスを見ていた。フロリアン王子もだ。

「なんだと？　おまえ、今何て言った？」

顔を怒りに歪めて、王子はエリアスのほうへ向かう。目の前に立つと、彼は長身のエリアスを見上げて詰め寄った。

「どうした？　何とか言ったらどうだ！　みっともないほど青ざめているな。今さら怖じ気づいたか!?」

フロリアンは相手を見上げてあざ笑う。彼の言う通り、エリアスは恐ろしいほど血の気を失っていた。わずかに震えてもいるようだ。

しかしギゼラの目には、それが恐怖ではなく、深い怒りによるものと映った。そう、激怒などという言葉も生ぬるいほどの。

おそらく他の者たちもそう感じたのだろう。固唾をのんで見守っている。

「エリアス……っ」

ギゼラは我に返って立ち上がった。止めなければ――そう思った矢先、彼は青ざめた顔に凄みのある微笑みを浮かべる。

フロリアンがギクリと身を引くのがわかった。

そんな王子に向けて、いっそ穏やかな声音で告げる。

「周囲にこれほど気を遣わせてもまるで恥じない幼稚なお人柄に開いた口が塞がりません。仮にもランドールの代表でいらっしゃるなら、お立場にふさわしい礼儀をいま少し学ばれる必要があるかと」

「なんだと!?」

カッとなったフロリアンがこぶしを振りかぶり、エリアスの顔を打つ。

鈍い音がした。しかし体格に勝るエリアスは微動だにせず王子を見下ろしている。冷然とした態度に、王子はさらにエリアスの腹や胸を力まかせに殴った。

「無礼者！　この！　この！」

その頃になってようやく、我に返ったランドール人たちが王子に駆け寄り、二人を引き離す。はがいじめにされながら、フロリアンは今度はギゼラを振り向いた。

「ギゼラ！　どういうことだ。この男は何だ！　何とかしろよ！　こんな言動を許すつもりか!?」

「――……っ」

ギゼラはエリアスを見る。彼はこちらを見ていた。悔しそうな目は、まるでフロリアンの暴言を受けたギゼラが怒らないことに怒っているかのようで――彼にそうさせたのが自分だったと気づき、後悔に胸が締めつけられる。

駆け寄って、その必要はないと言いたい。彼が傍にいて、自分の代わりに腹を立ててくれれば、それで充分。それだけでギゼラの心は救われるのだと……そう言いたい。

（でも――）

エリアスのもとへ向かおうとしたギゼラを、彼は小さく首を振っていさめた。来てはいけないと、厳しい目が言っている。

覚悟の上です。――見つめ合ううち、そんな思いが伝わってきた。

「おい、ギゼラ！　答えろ！」

フロリアンの怒声に、ギゼラはきつく目を閉じ、震える声で応じる。

「……申し訳ありません、フロリアン様。近衛に代わってお詫びします……」

王子に向けて深々と頭を下げ、それからエリアスを見やる。

「エリアス。王子への無礼な振る舞い、到底許されるものではありません。あなたを一ヶ月の謹慎に処します。ひと月、自分の部屋でよく頭を冷やしなさい」

主人の命令に、彼はどこまでも従順に応じた。

「……仰せのままに。我が君」

⚜

その騒動以降、フロリアン王子はますますギゼラの存在を億劫がるようになった。

一緒にいても少しも楽しめないことが、いやというほど伝わってくる。むしろギゼラにつきまとわれるのが苦痛なのかもしれない。そう気づいてからは、打つ手のなさに落ち込んだ。

そんなギゼラを、近衛のヴェインとミエル、フリッツが、それぞれ懸命に慰めてくれた。

「まぁ、なんだ。人間には相性というものがありますから。あまり深刻に考えなくても……」

「そうですよ。ギゼラ様は精いっぱいがんばりました。誠意が通じなかったのは残念ですが、どうかあまり気を落とさずに」

「だいたい対等な結婚のはずなのに、ギゼラ様だけが気を遣うのも何かおかしいッスよ！」

フロリアンはといえば、同世代の貴公子たちと親交ができたようで、今は主にそちらと過ごしている。

当人同士の仲は少しも深まらない中、国同士の交渉は特に大きな問題もなくまとまり、エリアスの騒動から一週間がたった頃、とうとうフロリアンとギゼラの婚約が成立した。

謹慎処分中のエリアスは律儀に一歩も部屋を出ない。逆にギゼラが毎日訪ねて、身のまわりで起きたことを話していた。五年前に出会ってから今まで、半日以上離れたことがないため、そうしないとギゼラ自身が不安でたまらないのだ。

しかし——

婚約が決まったその日は、事実をどのように伝えるべきか悩むうち、時間はどんどん過ぎていき、日が暮れる頃になってようやく重い腰を上げるはめになった。

オーク材の厳めしい扉の前に立ってからも、往生際悪く何度も迷った末にノックする。

エリアスの部屋は居間と寝室から成る二間続きだ。王女の近衛隊長ということもあり、まずまず立派なものだった。

彼は勉強していたようだ。ソファに腰を下ろして書物を開いている。ギゼラが入っていくと、彼はうれしそうに顔をほころばせた。

「今日はいらっしゃらないのかと、地の底までめり込むほど意気消沈しておりました」

「そんなはずないわ……」

「一日に一度ギゼラ様のお顔を拝見できないことがどれほど苦しいか、いやというほど思い知りました。まるで陽光も水も与えられない花になった気分です。自分の生まれた意味に疑問を投げかけたくなります……」

いつものように軽口をたたきながらも、どこか元気がないようだ。書物を片付けて、ソファにギゼラの座る場所を作りながら、エリアスは一度もこちらを見なかった。

「今日は大事な話があるの……」

ソファに腰を下ろしたギゼラは、言葉を選んで切り出そうとする。だが彼はやんわりとその先を封じてきた。

「そのように緊張した顔をされて。まるで言いつけを破って私に叱られる前のようですよ」

「緊張だなんて……」

「ヴェインがよく私に言います。ギゼラ様は大人しいので、時々何をお望みなのかわからず迷うことがあると。おかしな話です。お考えなど顔を見ればすぐに伝わってきますのに」

「それはあなただけだと思う。他の侍女たちからも似たようなことを言われるもの」

人と比べて大人しいのは伯爵夫人による教育の弊害だ。自分の考えを持ち、あまつさえそれを主張するなど、王女として卑しいことだと厳しい懲罰をもって教えこまれた。そのため、いまだに人に自分の気持ちを伝えるのが苦手なのだ。

エリアスだけが、いつも魔法のようにギゼラの気持ちを正確に読み取ってくれる。またギゼラも、何があっても受け止めてくれる彼には、望みを正直に伝えることができる。

(わたしはエリアスに甘えてばかりね……)

やるせない思いで見つめていると、彼はギゼラの足下に跪いた。こちらを振り仰ぎ、穏やかに微笑みかけてくる。

「ギゼラ様は素直な方でいらっしゃいます。お気持ちがわからないとおっしゃるなら、それは見る側の注意の問題です」

「そういう話をしに来たのではないわ、エリアス。あのね……」

「お待ちしている間ずっと、これまで目にしたギゼラ様のお姿を延々思い返し、心を慰めておりました。一番はやはりリスを頭に乗せたまま硬直していた、あの――」

「エリアス、聞いて」

　魔法のようにギゼラの思いを読み取ってしまう彼は、すでに――おそらくはこの部屋に入ってきた時に、今日の用件を察していたのだろう。ギゼラは強引に切り出した。

「今日、フロリアン王子との婚約が成立したわ。式は半年後の予定よ」

　硬い声が静かな部屋に響く。

　どちらもしばらくは無言だった。たっぷり数分たってから、ようやくエリアスが口を開く。

「……本気ですか？　彼はあなたのことを――」

「わたしのこと、陰気で貧相な女だと陰口をたたいているのでしょう？　知っているわ」

「それならなぜ！」

　エリアスが、彼らしくない大声を上げた。腕の中に閉じ込めるように、ギゼラの膝の両脇に手をついて見上げてくる。

「……なぜもっとご自身を大切にする道を選ばないのですか。なぜ、いつも人のためにご自身を犠牲にするのですか。なぜ……」

エメラルド色の瞳が、じっとこちらを見上げてくる。

「なぜ……！」

あまりにもつらそうな眼差しが胸に刺さった。

(なぜもっと自分を大切にしないのか、なんて……)

そんなことを言ってくれるのはエリアスだけだ。彼だけが、この世でギゼラを最も大切にし、優先してくれる。

「……………」

翳《かげ》りを帯びたエメラルド色の瞳に魅入られる。ギゼラもまた、食い入るように見つめ返した。

「そうすれば……愛してもらえるのではないかと思って……」

それが本音だ。父の期待に応えようとした理由は、その一点に尽きる。

愛されたい。ギゼラの中にはそんな強い渇望がある。取り柄のないギゼラは、期待に応える以外に愛される術を知らない。

(惨めね……)

全力で、懸命に取り組んだにもかかわらず、誰にも相手にされず、ひとりぼっちで取り残され、途方にくれている。必死に笑顔を浮かべ、何でも言うことを聞くと伝えているのに、父やフロリアンから返ってくるのは失笑ばかり。

これ以上どうがんばればいいのかわからない。

「ダメね、わたし……」

情けなさのあまり目を閉じ、うつむき、うなだれる。

「ギゼラ様、お顔を上げてください」

なだめる声に、ゆるゆる首を振ると、頬に彼の手がふれた。

「ギゼラ様」

優しく呼ばれ、しぶしぶ目を開ける。と、エリアスは、彼のほうこそ今にも泣きそうな顔で柔らかく微笑んだ。

「あなたは私の唯一の宝物です。私を思いのままに動かすことのできる、ただ一人の主で、私の世界そのものでもあります。つまり神のような存在と言っても誇張ではありません」

「――……」

「ですからどうか、ご自分をダメなどとおっしゃらないでください」

励ます言葉がギゼラの胸に優しく染み込む。

「ありがとう、エリアス……」

礼の言葉と共に、ぽろりと涙がこぼれた。堪えていたものが、思わずあふれてしまったのだ。

ギゼラは涙をぬぐいながら、彼が柔らかな抱擁と共に慰めてくれることを疑っていなかった。これまで、ギゼラが涙を見せた時には必ずそうしてくれていたように。

しかし——

予想に反し、彼はギゼラから顔を背け、目を伏せてつぶやいた。

「もうこんな時間です。そろそろお部屋にお戻りください」

「…………」

うつむきがちな顔には前髪がかかり、表情をうかがい知ることができない。いつもと違う様子にとまどうギゼラを置き去りにして、彼はゆっくりと立ち上がると、こちらに背を向けた。

「お帰りください。どうか……今日はもう、一人にしてください」

押し殺した静かな声に、どきりとする。

(怒ってる……?)

今の今まで穏やかに励ましてくれていたというのに、彼の背中はこれ以上ないほどギゼラを拒んでいる。

ギゼラは途方にくれてしまった。どうしたというのだろう? 困惑しながら立ち上がる。

「エリアス——」

呼びかけるも、彼はこちらに背を向けたまま、振り向こうとしなかった。やはり様子が変だ。いつもの彼とちがう。

「お帰りください。お願いです」

「どうしたの？」

「放っておいてください。どうか……」

「わかったわ、でも……」

思わず背中にふれようとすると、気配で察したのか、刺すように鋭い声が制止する。

「さわらないでください！」

「………!?」

ギゼラはびくりとして手を止めた。彼は強い自制を感じさせる声で続ける。

「……まちがっても今、私にふれてはなりません」

「どうして？」

「今もこれからも、あなたを守る者でいたいと思っているんです」

「あなたがわたしを守ってくれることを疑ったりしない」

「甘いですよ。こんな時間に、男の部屋に一人で入ってくるなんて。……その気になれば、外にいる近衛に気づかれず、あなたを思いのままにすることだってできます」

彼は決してそんなことはしない。ギゼラには確信があった。

それよりも、頑なにこちらを向こうとしない背中に、どうしようもなく不安をかきたてられる。彼を失ってしまうかもしれない――奇妙な予感を抱いた瞬間、そんな未来に抗うように、ギゼラは彼を背中から抱きしめた。

「どうしたの？　今日のあなたはおかしいわ。まるで……」

突き上げるような恐怖に苛まれ、ギゼラはぎゅっと腕に力を込める。

「まるでお別れみたい……！」

硬くて逞しい身体には、これまでにも何度か抱きついたことがある。しかし今は不思議な緊張に胸がドキドキした。顔が熱い。それだけではない。全身が入浴時のように熱を持っている。彼か、自分か、どちらが熱いのか、よくわからないけれど。

息を吸うと彼の匂いがした。どうしてだろう。いつもは安心する匂いに、今日は鼓動がうるさく騒ぐ。

強く抱きしめたまま、頬にふれる背中を感じていると、ややあって押し殺したつぶやきが、密着した肌から伝わってきた。

「こんな状況で……！」

エリアスはそう言うと、ギゼラの手を振り払って振り向く。ぽかんと見上げるうち、彼はギゼラの身体に腕をまわし、さらうように強い力で抱きしめてきた。

「エリアス……？」

気がつけば、鼻先がふれるほど近くに彼の顔がある。にこりともしない、恐ろしいほどに真剣な顔で、彼は冷然と告げてきた。

「私のような男の前で涙など見せてはなりません」

「エリ――」

呼びかけたくちびるが強く塞がれる。突然のことにギゼラは頭が真っ白になった。身動きが取れずにいる間に、エリアスはさらにこちらの顎をつかんでくる。こじ開けられたくちびるから、何かが口の中に侵入してきた。ぬめりを帯びた熱い感触の正体に気づき、ギゼラはますますおののく。

「ん……!?」

逃れようとするも後頭部を押さえられて動けない。じたばたするギゼラを引き寄せて抱きしめ、彼は熱を込めて口の中を蹂躙してきた。口蓋を舌先で舐られ、背筋がぞくりと戦慄く。

「ふ……っ」

鼻にかかった吐息を漏らしたとたん、とうとう舌を荒々しく捕らえられ、じゅっと音を立てて吸われた。腰が抜けるほど卑猥な感触から、未知の陶酔が湧き上がり、びくりと身を竦《すく》ませる。

（な、なに、これ……っ）

男女のことに疎いギゼラには、それが官能というものだという知識すらなかった。ただ反射的にひるんでしまい、逞しい胸をこぶしでたたくも、それは彼を煽るだけに終わる。

逃げる舌を追い、彼はますます強引に口腔内をかきまわしてきた。

「ん、ぅ……」

はじめは抵抗していたギゼラだったが、有無を言わせぬエリアスの愛撫を受けるうち、次第に身体から力が抜けていく。強引な舌がひらめき、思いもよらぬ場所を舐められるごとに腰が溶けてしまう。

長い長いキスが終わる頃には、自分からしがみつかなければ立っていられない状態だった。

そんなギゼラを抱きしめて見下ろし、エリアスは幸せそうな、しかし哀しみに満ちた、いびつな微笑みを浮かべる。

「お別れです。ギゼラ様」

どんな氷も溶けそうなほど熱い眼差しで見つめながら、彼はいとも残酷なことを言った。

彼が本気であること察して、ギゼラは首を振る。

「いや――」

そんなのいや。絶対に受け入れない。心ではそう叫んでいるのに声が出てこない。

震えるくちびるが意味のある言葉を紡ぐ前に、エリアスは静かにとどめを刺してきた。

「あなたに道を誤らせてしまう前に、私は消えます」

それからどうやって部屋に戻ったのか覚えていない。

おまけに気づけばギゼラは辞職を願うエリアスの書簡を手にしていた。

それからは食事も喉を通らず、ただただぼんやりと過ごすうちに夜になり、侍女たちに形だけ寝台に押し込まれるも一睡もできず——そして翌朝、エリアスが姿を消したという、ヴェインからのひそかな報告を受けた。

「元々最低限の小姓しかついていなかったし、小姓はエリアスを慕っていて口を閉ざしているんで、まだ誰にもバレていません。しかしもし陛下やフロリアン王子の耳に入ったらマズいことになります」

⚜

フロリアン王子を招いた昼餐会で起きた騒動については、招待客たちの口から王宮中に広まった。

婚約に支障が出ることはなかったが、国王はその一件をギゼラの失態だったとし、直々に王子に詫びる言葉をかけたという。エリアスの処分については謹慎が妥当としながらも、必ず一ヶ月は部屋に留めるよう念を押された。一週間で脱走したと知られれば、さらなる大事になるだろう。

「エリアス……」

ギゼラは手で額を覆い、力なく椅子に座った。

『なぜ――』

焦れたような、苛立ちに満ちた瞳でじっと見つめ、ギゼラにキスをしてきた。

あれはいったい何だったのか。まるで、この世で彼こそが一番ギゼラを欲していると言わんばかりの、赤裸々な眼差しだった。心の奥深くに刺さり、千々にかき乱した。

(エリアス……!)

五年前に出会った時から、彼はギゼラを苦境から救った英雄であり、唯一の保護者だった。他の近衛や、侍女も信頼できるいい人たちだ。けれどエリアスほど献身的で、常にギゼラのことを最優先に一緒にいてくれた者はいない。

『今もこれからも、あなたを守る者でいたいと思っているんです』

あれはつまり、そうでない者になる可能性があるということか。

ギゼラはくちびるに手でふれる。

「………」

彼とのキスを思い返せば、とたんに胸が騒ぎ出した。

抱きしめられた時、身動きが取れなかった。ギゼラは逃げようとしたにもかかわらず、エリアスがきつく押さえつけてきたせいだ。突然キスをされ、顔を振って止めさせようとしたが、後頭部にまわった手が髪の毛をつかんで顔を仰向かせ、それを許さなかった。あげく口の中を貪ってきたキスの荒々しかったこと。

一連の振る舞いはまったくエリアスらしくなかった。彼はいつだって穏やかに、礼節を持ってギゼラの傍にいてくれた。何でもこちらの希望通りにしてくれた。

あんなふうに自由を奪い、乱暴に押し入ってくるなんて――

記憶に浸っていたギゼラは目をつぶる。

(エリアス……)

あの瞬間、彼の気持ちが伝わってきた。激しいキスを通じて、くるおしいほどの気持ちが押し寄せてきた。欲しいのに欲しいと言えない。誰よりも強く想っているのに、伝えることすらできない。

自分以外の誰かのものになると言われても、あくまで近衛の立場に徹しなければならない。ずっと我慢をしていた想いが、ギゼラがフロリアンに粗略に扱われることで爆発してしまった。

情熱的なキスからは、そんな想いが迸《ほとばし》るように伝わってきた……。

その時、部屋のドアがノックされ、ギゼラはびくりと肩を揺らす。

ドアの近くにいたヴェインが応対し、こちらを振り向く。

「ギゼラ様、完成した肖像画が運ばれてきました」

「あぁ……」

王宮の本城に移ってきたばかりの頃、エリアスが肖像画を制作することを提案してきた。その後、本当に画家を招き、少しずつ描き進めてもらっていたのだ。

二人がかりで運び込まれてきた絵画は、ギゼラの腰くらいまでの高さがある大きなものだった。まだ白い布で覆われている。従僕たちは、ソファに立てかけるようにして絵画を置いて去っていった。

後からやってきた画家が口上を述べた後、白い布を外す。

「――……」

額縁の中にいるのは、午後の陽だまりの中、窓辺の椅子に腰を下ろすギゼラだ。膝の上にいるリスのナッツを微笑んで見つめ、餌をやっている。

エリアスが見たら何て言うだろう？

『あぁ、いいですね。ギゼラ様のお優しい人柄がよく表れています。膝の上にいるリスは小道具だと、頭ではわかっていても嫉妬を禁じえません。――おや、画家はギゼラ様の頭の上に天使の輪と翼を描き忘れたようですね。迂闊なことだ。誰の目にも足りないことは明らかでしょうに』

しごくまじめに語るそんな声が聞こえてくるかのようだ。

自分の姿に気づいたのか、テーブルの上にいたナッツが、忙しなく絵画に走り寄り、額縁の上まで駆け上がってキキッと鳴いた。

「ナッツも気に入ったようだ」

「すごくいい絵だと思います」

「これ、あれッスよね。隊長が構図や色使いに細かく注文つけたって、こだわりのやつッスよね？」

近衛の面々が口々に言う。

しかし肝心のギゼラの反応がないせいか、画家が不安そうに訊ねてくる。

「あのぅ、ギゼラ様。いかがでしょう……？」

ギゼラは絵画を見つめながらうなずいた。

「ありがとう。とても素敵だわ――」

すばらしい絵だ。何よりもギゼラを見るエリアスの眼差しの優しさが描かれている。

（ありがとう……）

ありがとう、ありがとう、エリアス。素敵な絵画を与えてくれて。絵画だけではない。助けてくれた。守ってくれた。怯えて縮こまるギゼラを気遣いながら、前を向かせてくれた。生きるのは難しいことが多いけれど、喜びもあると教えてくれた。希望を与えてくれた。大切にしてくれた。愛してくれた……。

感謝を並べていくうち、ぽろりと涙がこぼれる。

『あなたに道を誤らせてしまう前に、私は消えます』

優しい優しいエリアスの声を思い出し、涙がぽろぽろこぼれ落ちた。

(なんて愚かなの……)

父王から縁談の打診があった時も、フロリアンに振りまわされ続けた毎日においても、ギゼラはエリアスがこれからもずっと一緒にいてくれると思い込んでいた。結婚で揺らぐとは思ってもみなかった。まさかこんなにも急に、いなくなる日が来るなど想像もしていなかった。

(消えるってどういうこと？　どこに行ってしまうの？　いつまで？　まさか……もう二度と会えないなんて言わないわよね……？)

ギゼラがフロリアンとの結婚を選んだせいなのだろうか？　それが耐えられないと、ギゼラから離れることを望んだのだろうか？

(そんなのいや……！)

もしこうなるとわかっていたら、フロリアンとの縁談を受け入れたかどうかわからない。エリアスのいない未来など考えられない。ギゼラにとって彼は最も必要な人だ。光と水と空気のように、生きるためになくてはならない存在だ。ちがう。そんな言葉では足りない。

彼はギゼラの幸せそのものだ。

愛というのが何かはわからないけれど、自分のものであってほしい、自分を愛してほしいと、魂を振りしぼるようにして願う、この気持ちをいうのなら。

ギゼラもまた彼を――

「ギゼラ様？」

ヴェインが顔をのぞきこんでくる。心配そうな面持ちを目にして、ギゼラはあわてて涙をぬぐった。

「な、何でもないわ……っ」

自分は何を考えているのだろう。

父王からフロリアンとの結婚を求められ、受け入れた。婚約も成った。今さら反故にはできない。

ギゼラは彼への本当の気持ちに気づいてはならない。

もし今、ギゼラがフロリアンとの婚約を無視してエリアスと結ばれるようなことがあれば、二人ともただではすまないだろう。エリアスのためにも、ギゼラは王女としての責務を果たさなければならない。

(だとしたらきっと、このままがいいわ……)

ギゼラは気づきかけた想いを心の奥に閉じ込め、鍵をかけた。

エリアスは正しい選択をした。どこにいるのかわからなければ、追うこともできない。

ギゼラが不貞を疑われることもない。もしかしたらそのために身を引いたのかもしれない。彼はいつだってギゼラのために最善の選択をしてくれるのだから……。

「――……」

肖像画を見つめるうち、またしてもギゼラの目に涙がにじんでくる。

本当にそれでいいの？　と問う声と、現実を見るべきという理性の声が、心の内でせめぎ合う。

理性の声のほうが圧倒的に優勢だった。それが二人のため。そしてこの国のためでもある。

ギゼラは王女としての責務を果たさなければならない。婚約した身で他の人を追いかけるなど、あってはならないことだ。

(よく考えて。軽はずみな真似をしてはいけないわ)

だがしかし。

「……ヴェイン、お願い」

気づけばギゼラは、震える声を漏らしていた。

「エリアスを探して、王宮へ戻るよう説得して。お願い」

ヴェインが驚いたように目を瞠る。

「は…」

短く答え、彼は部屋の外にいるミエルとフリッツへ何かを伝えに行った。

(なんのつもりなの?)

頭の隅で理性の警告が明滅する。それでも——自分がなぜこんなことを口にしてしまったのか、ギゼラにはわからなかった。

⚜

ヴェインはギゼラの頼みを聞き入れ、手を尽くしてひそかにエリアスの行方を捜してくれた。しかし数日の間は何の手がかりもなかった。

どうやら誰かにかくまわれているようだと、彼は難しい顔で言う。

「実は気になる情報もありまして……」

「なに?」

「姿を消す前に、隊長が王太子の部屋を訪ねるのを見たという者がいます」

「どういうこと?」

二人の間に接点などないはずだ。そう言うとヴェインもうなずいた。

「ええ、俺も初耳でして。それで王太子の周りにちょっと探りを入れてみたら……どうも先月くらいから人目を忍んでたびたび訪ねていたようで」

先月といえば、フロリアンがやってきて皆が対応に追われていた時期だ。

「そういえば……フロリアン様を歓迎するパーティーで、お兄様がエリアスに話しかけていたわ。でもどうして……？」

「さぁ、さすがにそこまでは……。しかし王太子と手を組んだとなれば、目的はやはり陛下に仇なすことじゃないかと……」

「エリアスがお兄様と共に、お父様を……？　なぜ……？」

「俺の推測が正しければ、ギゼラ様の縁談を潰すためでしょうね」

現在、宮廷で王太子と国王の対立が激化しているのは周知の事実。王太子が何かを仕掛けて、国王が実権を失う結果になれば、おそらくギゼラとフロリアンの縁組みは破談になる。――それが目的だろうというのがヴェインの推測だった。

国王が、ギゼラとフロリアンに王位を継がせたいと考えていることは噂されている通り。王太子としては何としても防ぎたい事態だろう。

「まさか……エリアスがそんな大それたことに手を貸すなんて……」

「とにかくもう少し捜索を続けます」

ヴェインの報告にうなずきながら、ギゼラは新たな不安が湧き上がるのを感じた。

（エリアスは、身を引いたわけではなかったの……？）

フロリアンと結婚するギゼラを惑わせまいとして、姿を消したのだとばかり思っていたのに。そうではないのだろうか？　縁談を潰すとはどういうことか……。

やきもきしながら続報を待っていると、三日後、ヴェインが苦々しい顔で、エリアスの居場所がわかったと告げてきた。

「王都にある王太子の屋敷です」

王太子は王都に複数の屋敷を所有しており、その中でも、おそらく手の者を隠すために利用すると思われる、小さな屋敷に身を潜めているという。

「……そう」

不安が的中した。王太子が、何の理由もなくエリアスに屋敷を貸すとは思えない。二人は共に何かをしようとしているのだ。

ギゼラはしばし考えた末にヴェインを見上げ、勇気をふりしぼって口を開く。

「あの……目立たない馬車を用意できる？」

「え……」

まさか、という顔で見下ろしてくる相手を、両手を組んで見上げる。

「エリアスに話を聞いて、必要があれば止めないと。……お願い」

必死の思いを込めて見つめていると、彼はやれやれとばかりに肩を竦めた。

「ギゼラ様が俺に何かをお願いするのなんて初めてじゃないですか。聞かないわけにはいきませんよ」

ヴェインは街の辻馬車を一台用意してくれた。ギゼラは近衛たちと共にそれに乗り込み、目的の屋敷に向かった。

こぢんまりとした庭付きの平屋である。門からのぞいたところ、庭はきちんと手入れがされていた。住む者の習慣というより、人目を引かないためだろう。

ミエルとフリッツには外で待っていてもらい、ギゼラはヴェインだけを伴って敷地の中へ入っていった。ドアをたたくと、エリアスが出てくる。驚く彼を押しのけて、まずはヴェインが屋内へ入っていった。

屋敷の中は、独立した厨房や浴室など以外は一間である。絨毯が敷かれ、家具も寝具もこぎれいに整っていた。室内に誰もいないことを確認すると、ヴェインはエリアスをじろりとにらみつける。

「いいか。みんな外にいるからな」

あっけに取られていたエリアスが、我に返ったように言い返した。

「いったい何のつもりだ!? こんな場所にギゼラ様をお連れするなど、近衛のすることか!」

「ギゼラ様のご要望だ。本人に訊け」

それだけ言い置くと、ヴェインは外へ出ていく。事前にギゼラが、エリアスと二人きりにしてほしいと頼んだためだ。

家の中に取り残されたエリアスとギゼラは、しばらく無言で向かい合った。

やがてギゼラは勇気を奮い立たせて切り出す。

「あなたが謹慎の途中に抜け出したことは、まだ誰にも知られていないわ。今なら間に合う。王宮に戻って。お願いよ――」

懇願に、彼はくちびるを引き結んで顔を背けた。

「……そんな顔をしても無駄です。私はもうギゼラ様の近衛ではありません」

「辞職の書簡なら、わたしが持っているわ。どこにも提出していないから、公的にはあなたはまだわたしの近衛よ」

「私の気持ちはお伝えしたはずです」

「……それでも、わたしにはあなたが必要なの」

彼の心に、誰かギゼラ以外の人がいるのではないかと感じたこともある。いつか彼がいなくなってしまうかもしれないと考え、覚悟をしたこともあった。

しかし本当にいなくなりかけている今、絶対に失いたくないと感じる。

ひどく我儘《わがまま》で、一方的で、自己本位な感情だ。そうとわかっていても、何としても彼を自分につなぎとめたいと考えてしまう。

「わたしはフロリアン様と結婚しなければならない。でもあなたに一緒にいてほしいの。今までと同じように」

「……他人のものになるというのに、私がお傍を離れることは許さないと、そうおっしゃるのですか？　ひどい方だ」

「それでも、あなたがいなくては生きていけない」

ギゼラの発言に、エリアスはくちびるを歪めて笑った。

「他の男に抱かれるあなたを、誰よりも近くで指をくわえて見ていろと？　――そんなのごめんです」

「エリアス……！」

離れていこうとした相手の服を、ギゼラはつかんで引き留める。

「お願いだからいなくならないで。傍にいて。これからもずっと……。お願い……！」

言葉を重ねるうちに感情が昂ってしまい、涙がにじむ。

彼は忌々しそうに眉根を寄せ、服をつかむギゼラの手をやんわりと外した。

そして一人で寝台に向かうと、そこに腰を下ろし、誘うように手を差し出してくる。

「……いいでしょう。もしギゼラ様が私の想いを受け入れてくださるのなら、お傍に仕え続けるのもやぶさかではありません」

「どういう意味？」

「あなたは私を身体でつなぎとめることができるという意味ですよ」

さらりと告げられた言葉の意味は、わかるような、わからないようなといったところだ。

立ち尽くしていると、彼は差し出した手を揺らした。それ以上は手を取らなければ教えないとばかりに。

「――……っ」

ギゼラはしばし迷ったものの、やがて意を決して彼に近づいていく。

おそるおそる、大きな手に自分の手を重ねる。――次の瞬間、手を引かれてバランスをくずしたギゼラを、彼は抱きしめるようにして受け止めた後、寝台に横たえた。

気づいた時には仰向けに寝かされ、覆いかぶさる彼に顔をのぞき込まれている。

「夫がいない時、私に抱かれてくださるなら、私はギゼラ様のもとに留まりましょう」

「な……っ」

「なに、バレるようなヘマはしませんよ。誰にも気づかれず、日陰の身に徹してみせましょう。いかがです？」

「なにをバカな……！」

ギゼラは手で相手の身体を押しのけようとしたものの、ビクともしなかった。そもそも手のひらにふれる身体の感触にドキドキして、頬が色づいてしまう。

抵抗とも言えない抵抗に、彼は余裕の顔で応じた。

「いけませんか？」

「もちろんよ。そんな――」

「ではやはり、戻ることはできません」

きっぱりと言い放たれ、あがく手から力が抜けた。

「――……」

「あぁ、そんな顔をしないでください。ギゼラ様の笑顔は私にとってどんな病魔をも払う万能の薬ですが、困り顔は私をどこまでも昂らせる媚薬の効果があるのですから」

大きな手のひらがギゼラの頬を包み込む。何もかも忘れて身を委ねてしまいたくなる温かみに、ギゼラは必死に抗った。と、彼の親指がくちびるを愛撫する。

「もっともっと困ってください。この可愛い口で私を煽ってください」

そう言うや、エリアスは鼻先がふれるほど顔を寄せてくる。ハッと息を詰めた時にはくちびるがふれていた。そっと――小さく啄むように、彼は何度もくちびるを重ねてくる。

言葉とは裏腹の優しい感触に、ギゼラはおののいた。

とっさに顔を背けようにも大きな手に阻まれてかなわない。身動きの取れないギゼラの柔らかい口唇を、彼は思うさま味わっている。

ちゅ、ちゅ、と響くかすかな音と、互いの秘めやかな息づかいが混ざり合い、胸が震えた。いけないことをしている自覚はあるのに、心地よさを押しのけることができない。

心地よい？　ちがう。これは歓び――彼とキスをしていることがうれしいのだ。

（ダメ――ダメ……っ）

痛いほど高鳴る鼓動を感じながら、ギゼラはうまく力の入らない手で、彼の胸を押しのける。

「わたしが……恐れをなして逃げると思っているのね」

涙に潤んだ目で必死に見上げる。

ギゼラの知るエリアスは、こんなふうに主人の弱みに付け入るような人間ではない。五年も一緒に過ごしたのだ。そのくらいわかっている。

その思いで言葉を紡ぐ。

「本当はひどいことをするつもりなんてないんでしょう？」

「――……」

信頼を込めたギゼラの眼差しに、彼は顔をこわばらせた。

「……なぜ逃げないのですか？　ここまでされて」

「わたしがここを出る時は……あなたも一緒だからよ」

強情に言い張る主の前で、彼は悔しそうにうめき、そして抱きしめてきた。強い力で抱擁し、肩口で振りしぼるように訴えてくる。

「……結婚しないでください。誰かのものになど、ならないでください……！」

「エリアス……」

「私以上にあなたに溺れ、あなたに尽くし、あなたのためであればすべてを捧げてみせると本気で考えている男はおりません。この世で最もあなたを愛しているのは私です。誰よりも、誰よりも、誰よりも深く……！」

くぐもった声で切々と続けた後、彼は顔を上げる。

「ギゼラ様は、そんな私を袖にするのですか？」

縋《すが》る眼差しに、ぐらりと大きく心が揺れた。

いつもの自信と力にあふれた彼とはまったく異なる、心許なげな姿。もしそうさせているのが自分への愛だというのなら、ギゼラは天にも昇るほどうれしい。

しかし――

「……ダメよ、エリアス」

目がくらむほどの多幸感から、理性の力で目を逸らす。

異国の王子と結婚するギゼラと、彼との間で恋が成就するはずがない。もし見つかれば、裁かれるのはギゼラではないのだ。流されるわけにはいかない。

「今まで通りでいるのが、あなたのためなの。あなたの未来を潰したくない」

危機感と、想いを込めて見上げると、彼は堪えきれないとばかり顔を歪めて笑った。

「私の未来など！」

そして再びギゼラのくちびるを塞いでくる。先ほどのような、ふれるだけのものではない。戸惑うくちびるのあわいから舌がねじ込まれてくる。

「……っ……！」

欲しいという気持ちが迸るような、ひどく性急で強引なキスだった。

荒々しく口腔を貪られ、慣れない性感を刺激され、ギゼラはあっという間に濃密な官能に呑み込まれてしまう。舌は歯列や口蓋を縦横に這いまわり、びくりと震える箇所があれば、集中してそこを舐ってきた。

卑猥な感触から逃げようともがきながらも、官能を無理やり掘り起こすような舌遣いには、我知らず下腹が疼いてしまう。ヌルヌルと這いまわる愉悦に追い立てられ、鼻にかかったような声がもれた。

「……んっ……ぅ、っ……っ」

ようやく得た機会を逃してなるものかとばかり、彼の口づけはどこまでも執拗だった。ギゼラを追い詰め、絡みついて己の内に捕らえようとする。

逃げても逃げても追ってくる官能に思考が蕩け、ギゼラは次第に頭がぼぅっとしてきた。何もかも投げ出して、甘い愉悦に身をまかせたくなる。

（……ダメ……）

理性の声は少しずつ遠ざかり、薄れていく。

角度を変えて何度も重ねられる口づけは、いったいどれほど続いたのだろう？

唾液の絡み合う卑猥な音と、悩ましく熱い舌での愛撫に、ふやけたように抵抗の力が抜けきってしまった頃、彼はようやく身を離した。

「未来と引き換えでかまいません。もし私を憐れんでくださるなら――フロリアン王子のために失うことを惜しんでくださるなら、これまでの働きをお褒めくださるというのなら……、一度でいい。あなたにふれさせてください――」

はぁはぁと息を乱すギゼラを思い詰めた眼差しで見下ろし、エリアスは哀しみを込めて微笑んだ。

「それがかなうなら、他に何もいりません」

「――……」

全霊を込めた訴えに応える言葉を、ギゼラは持たなかった。

ただただ見つめ返すギゼラのドレスに、彼は震える手をかけてくる。そのまま、ひどく丁重な手つきで取り除きにかかってきた。二本のリボンを編み上げる形で合わせを閉じているドレスは、胸元の結び目を解いて、リボンを取ってしまえば、腰の部分まで開けてしまう。

静かな部屋の中に、衣擦れの音だけが秘めやかに響く。

「エリアス、待っ……っ」

ドレスの胴衣の前合わせを開き、さらにコルセットまで緩められるに至って、ギゼラは上ずった声で止めようとした。しかしその矢先、ギゼラの喉がひゅっと鳴る。

自分の肌に、彼の手が直接ふれたのだ。

「…………!?」

我に返って見れば、下着を引き下ろされたギゼラは、すっかり胸元を露わにされていた。まろび出たふくらみを、エリアスの手がすっぽりと覆っている。

「いや……っ」

素肌を晒すことに慣れていないギゼラは、首まわりどころかおへそ近くまで見られている状況に混乱し、あわてて胸を隠すように両腕を交差させた。と、彼はその手に自分の手を重ねてくる。

「ギゼラ様の生まれたままの姿を初めて目にするのは、あなたに恋い焦がれる男であるべきです。あなたは大切にされるべき方なのですから」

真摯に見つめながら、彼はそんなことを言い、胸を隠す手をゆっくりと外していく。魔法にでもかかったように、ギゼラはされるがままになった。

改めて、エリアスの大きな手が恭しい仕草でふくらみを包みこみ、ゆるゆると押しまわしてくる。たとえいやらしいキスで悩ましい気分になっていたとしても、彼の指先が柔肉に沈む様など、燃えるような羞恥なくして見られない。

「や……っ、だめ……っ」

身をよじって逃れようにも、彼が両膝でギゼラの腰を押さえ込んでいたため、びくともしなかった。そして抵抗するほどに、彼の手は遠慮なくふくらみを捏ねまわしてくる。いつもの優しい彼とちがう、断固とした手つきには困惑するばかりだったが、指先が赤く色づいた部分を捉えた瞬間、未知の感覚に背筋がびくりと震えた。

「……ぁ……っ」

儚く啼いたギゼラの様子に目を細め、彼は反応を引き出すように二本の指で捏ねてくる。

「ここが感じるのですか？」

「ぁ、ぁっ……」

今度ははっきりとした愉悦を感じた。いじわるな指の動きに、下腹が甘く焦れてたまらない。せっぱ詰まった状況は伝わっているだろうに、彼はさらに指先でそこを嬲ってきた。くにくにと捏ねられるうちに、そこは芯を持って硬く尖ってくる。快感もまた研ぎ澄まされていく。右が終わると左、左に飽きると、また右……絶え間ない愛撫に、ギゼラは押さえ込まれた腰を揺らして身悶えた。

「あっ、ぁっ、ぁ、やめっ、ぁ……ぁ……」

「びくびくと震える様も、儚い啼き声も、まるで小鳥のようだ。なんてお可愛いらしい

「……」

こちらをじっと見下ろし、彼は熱に浮かされたようにつぶやく。

エリアスの手はおそろしいほど気持ちがよかった。いやだいやだと言いながら、長くて器用な指でもっとそこをいじってほしいとすら感じてしまう。

ギゼラは頭を振った。

「ちがうの……、こんな……っ」

胸をさわられて、こんなふうにはしたなく乱れるなど、自分のこととは思えない。おまけにもっとしてほしいなんて、そんなことを思うはずがない……！

いやいやをするギゼラに、エリアスはなだめる顔で首を振る。

「恥じる必要はありません。先ほどのキスで感度がよくなっているだけのこと」

「はぁ……っ」

「すっかり硬くなりましたね、ここ……」

そっと柔肉を寄せ上げ、彼は赤く熟れた先端をぱくりと口に含んできた。

「ふぁ……っ」

ただでさえ敏感になっていた場所を、ぬめる口腔内に包み込まれ、思わず瞠った瞳の端から涙がこぼれる。熱い舌先でねっとりと押しまわされ、かと思うと柔らかく吸い上げられ、湧き立つ愉悦に背筋をしならせて感じ入る。

ちゅくちゅくと左右をくり返し責められ身悶えていると、彼の手がするりとスカートの内側に潜りこんできた。手はドロワーズの上から意味ありげに内股をたどった末、脚の付け根にふれてくる。

「……ぁ、ぁ……っ」

布越しとはいえ、きわどい淫悦が湧き起こり、涙がにじんだ。いくら相手がエリアスといえど、今度こそ耐えられないと感じた。にもかかわらず彼は、そこを優しく押しまわしてくる。

「は、ぅ……んっ、やっ……やぁっ……」

脚を固く閉ざしても、手は動きを止めなかった。下腹の奥でもったりとした快楽がふくらみ、じっとしていられなくなる。膝を閉ざしたまま腰を揺らして煩悶する。

胸への口淫をやめた彼は、いつの間にかのぞきこむようにして、悶えるギゼラの顔を眺めていた。

「すでに慣らす必要がないくらいぬれていますね」

「…………？」

「ギゼラ様の身体が、私を受け入れる準備を整えてくださったということです」

「受け、入れる……？」

まさか——。

彼は、神の前で結ばれた夫婦にしか許されないことをするつもりなのだろうか？

（そんなこと、できるはずがない……！）

蕩けきっていた理性が少しだけ姿を取り戻す。ギゼラは頭を振った。

「だめよ……。そんな……それだけは――」

とたん、指が秘部で小刻みに振動する。

「あぁっ……!?」

気持ちよさのあまり身体が宙に浮く感覚があった。指の振動はしばらく続き、ほどなく途方もない歓喜に押し上げられたギゼラは、天高く舞い上がる。

「ん、ぁぁ……っ」

初めて得も言われぬ快楽を覚え、衝撃のあまりしばらく夢見心地で放心した。

その間にエリアスは、ギゼラのドロワーズを手早く脱がしてしまう。さらに彼も自身の衣服の前をくつろげると、ギゼラの脚の間に入り込み、付け根に何やら硬くて熱いものを押し当ててきた。

「ぁ……っ」

未知の感触に息を呑む。性的な知識が乏しくとも、それが彼の一部分であることは本能的に察知した。

「準備が整った」という部分が見えるわけでもないのに――否、だからこそ、そんな場所で彼自身を感じることに淫猥な興奮が高まっていく。

「エリアス……っ」

「ギゼラ様を欲している私の気持ちです」

そう言いながら、彼はなまめかしく腰を揺らした。ひどく熱い。火傷しそうなほど熱を持ったそれで、敏感な溝をぐりぐりと刺激される。

「やっ、ぁ、……ぁっ……！」

濡れた音が響き、もどかしい懊悩に襲われた。身の内を焦がす熱をどうにかしてほしい。しかし何をすればいいのかわからない。そんな懊悩だ。

火照りきった身体の熱を持て余し、瞳が涙にうるむ。

「エリアス……っ」

懇願を込めた呼びかけに、エメラルド色の瞳がひたりと向けられてきた。

「ギゼラ様、私のものになってください」

食い入るように、ひたむきに、自分を求める切実な眼差しが胸に刺さる。甘い痛みにしがみつき、ギゼラはただ彼を見つめ返した。

「………っ」

「ギゼラ様のお優しい心に付け込む卑怯な私をお許しください。ですが――」

何もかも見透かした瞳が、哀しみを湛えて見下ろしてくる。

「あなたは私という存在を失うのが恐ろしいはずです。五年の間ずっと、誰よりもあなたを大切にした最大の味方を」

「……や、めて……」

「あなたは私を失い、本物の孤独を味わうことを何よりも恐れていらっしゃる」

ささやきは、愛と毒をもってギゼラを追い詰めてきた。

「えぇ、お考えの通りです。この世に、私以上にあなたを想う人間はおりませんよ。ギゼラ様――」

「あ……、あ……」

涙がふくらむ。彼が姿を消せば、ギゼラは愛する人を失うだけではない。

この世で彼の他にギゼラを愛する者などいないのだから。彼との別離は、自分を愛してくれる人の喪失にもつながるのだと、容赦なく現実を突きつけてくる。

ギゼラの護衛であり、教師であり、かいがいしい世話役であり、兄のようなものでもあった人。

（いや……いなくならないで……！）

首を振るギゼラの上で、彼は腰を揺らす。

「愛しています、愛しています、愛しています。心から――」

昂る欲望を秘唇にぐちゅりと押しつけ、彼は官能でもギゼラを追い立ててきた。逃げ場のない淫熱が余計に煽られる。

「あぅ……や、ぁ……っ」

鼓膜と下肢とで直接感じる、荒ぶる欲求の前に、ギゼラの心の砦は砂上の楼閣も同然だった。

涙にぬれた瞳をエリアスに向けるだけで、制止する声が出てこない。

彼はそんなギゼラのくちびるに恭しくキスをし、色香のしたたるような声でささやく。

「あなたをください。後生ですから」

「――……っ」

ぐらりと、大きな衝撃に心が揺れ、とうとう心の砦が形をくずし始めた。

応と言葉にしたつもりはない。しかし抵抗をやめ、泣き濡れた瞳でひとつまばたきをしたところ、彼は暗い恍惚の微笑みを浮かべ、傲然とギゼラの身体を拓きにかかってきた。

「ん、ふ、ぅ……っ」

体重をかけて、彼は腰を押し沈めてくる。ぎちぎちと隘路を拡げる熱杭は硬く、凶悪なほど大きく、ギゼラはシーツをつかんで必死に耐える。

痛みのせいか、あるいは罪悪感のせいか、意識が薄れそうになった。そのたびにグンッとねじ込まれる欲望の衝撃に目を覚まされ、見上げる先に、凛々しい眉をきつく寄せたエリアスのつらそうな顔がある――罪の味は、苦痛を伴いながらどこまでも甘美なものだった。

（そう……これは罪よ――）

父を、己の立場を裏切っている。だが互いの下肢がぴたりとくっつき、想う相手と身体の奥深いところでひとつになってしまった今、良識はあまりにも無力だ。

「ギゼラ様……」

美しくも昏い眼差しが間近から見つめてくる。

これまで封じ続けた分、情熱は熱く激しく押し迫ってきた。すべてを奪う覚悟を決めたエメラルド色の瞳は、これまでとは別人のように色っぽく、甘く、魔法のようにギゼラの心を絡め取る。

「ギゼラ様、お苦しいですか？」

気づかわしげな問いに、ギゼラはかろうじて首を振る。

「さっきは少し……でももう平気。エリアス……」

今だけ。今日だけだ。自分に対してそう言い訳をしながら、ギゼラは彼の背に腕をまわした。衣服越しに愛しい人の逞しい身体を全身で感じ、大きく息を吸う。少し汗の混じった彼の匂いに包まれる。

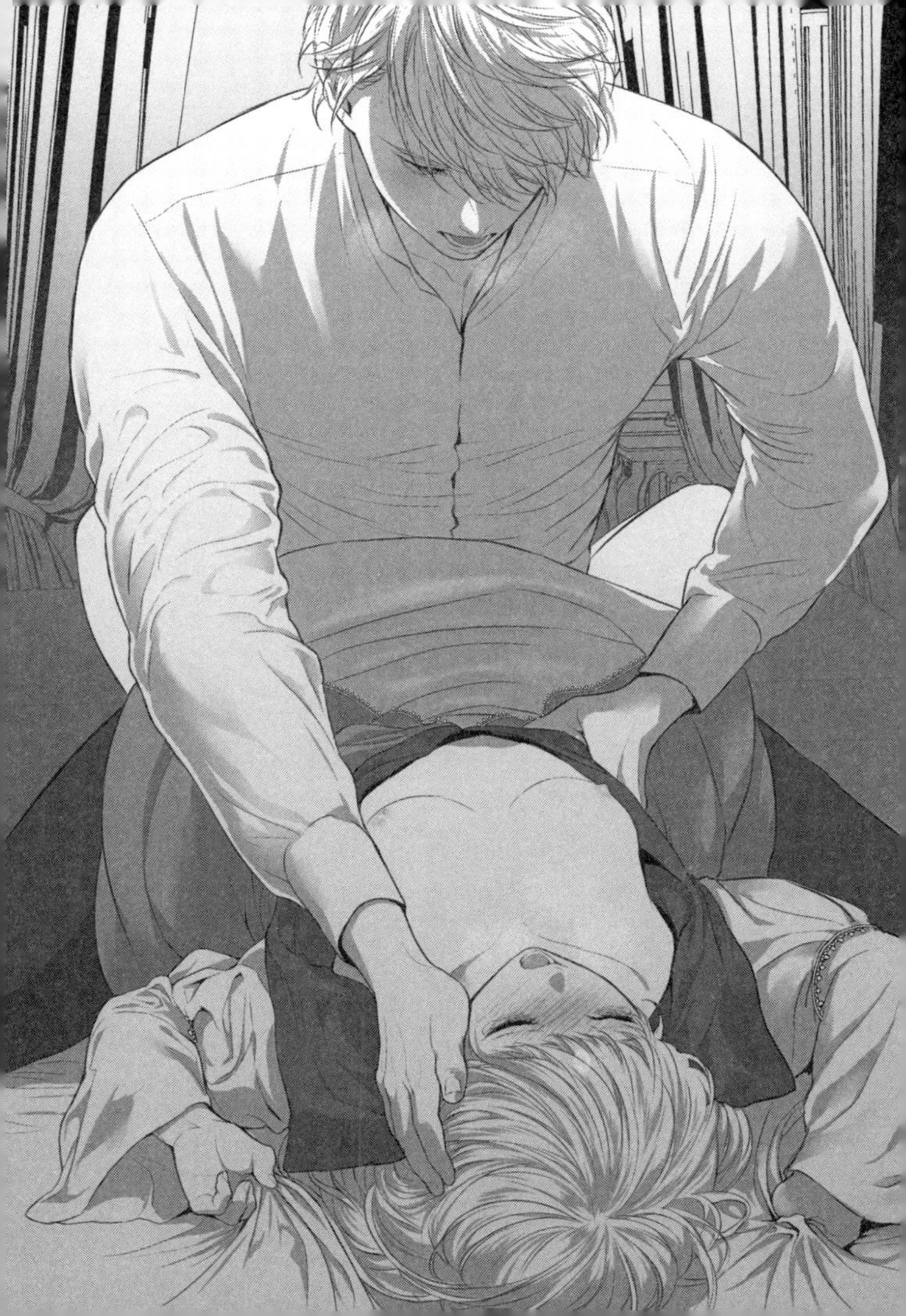

「あなたが好き。……悪いことをしていても、それだけは真実よ」

胸に頬をこすりつけ、切なくささやくと、エリアスは一瞬言葉に詰まったようだ。

「……ギゼラ様は、こんな時でも清らかですね」

「え？」

「私は悪いこととは思っておりません」

「………」

さらりと言い放つ相手から、ギゼラは身を離す。彼はそんなギゼラの両手を取り、指を絡めてきた。

「愛し合う男女の当然の権利です」

「これからも一緒にいるためには、こんなことをしてはいけないわ……」

王宮へ戻ってきてほしいというギゼラの要求への交換条件として、彼は情交を求めてきた。当然、これきりのはずだ。

しかし彼はギゼラの手を取ったまま、大きく腰を引いた。屹立がずるりと引き抜かれ、またぐぶぐぶと押し込まれてくる。

「あ、ぁっ……」

「気を抜かれていたようですね。つながって終わりではありません。まだまだこれからですよ」

それは、ひどく暗示的な言葉のように聞こえた。しかしこの場においては、どうやら彼の欲望の形にギゼラの中がなじむまでじっと待っていたという意味のようだ。

彼は様子をうかがいつつ、ゆっくりと突き上げを開始した。あふれる蜜液を介してもまだきつい隘路を、太くて長いもので蹂躙してくる。初めのうちは苦しかったそれは、やがて彼と快楽を共にするという陶酔をもたらし始めた。

腰を打ちつけられるたび、ギゼラを欲しがる彼の想いが全身に響き渡る。熱く硬い欲望で、信じられないほど奥を穿たれれば、おののくほどの快感が背筋を駆け上がった。

下腹の中で暴れまわる欲望に翻弄されながら、ほどなくギゼラは彼の名前を呼ぶことしかできなくなる。

「エリアス……、エリアス……っ」

彼にしがみつくようにして抽送を受け止めるギゼラのくちびるを、エリアスは荒々しく貪ってきた。じゅっと舌を吸われると、あふれ出した恍惚を受けて自分の中がきゅっと締まる。と、彼はますます熱心に舌を絡めてくる。

ぬちゅぬちゅと口の中で響く唾液の音と、快楽の律動に合わせて鳴る愛液の粘ついた水音。双方に反応し、心が興奮に燃え立った。快感に呑み込まれて朦朧とするギゼラは、くちびるがほどけた合間に、必死に伝える。

「エリアス、ずっと……ずっと傍にいて……っ」

「私を想って泣くあなたを犯す至福を味わえただけで、出奔したかいがありました」

「そんなふう……言わないで……っ」

頭を振るギゼラを絶え間なく快楽で貫きながら、彼はうっそりと笑った。

「あなたは犯されたのですよ。もし誰かにバレたらそう言ってください。まちがってもこんなふうに、自ら受け入れて歓んだなどと言ってはなりません」

そう言い、彼はひときわ強く屹立を突き込んでくる。

「あぁっ……！」

激しい歓喜にビクビクとなるギゼラの細い腰を容赦なく引き戻し、彼は再びいやらしく腰を前後に動かした。絶え間なく官能を注ぎ込みながら、さらに花弁の中で硬く尖った淫芯にまで魔手をのばす。はち切れんばかりにふくれた花芯を指先でぬるぬると刺激され、にわかに膨れ上がった快感が下腹の奥で爆発した。

「あぁっ、んっ、んぁぁ……！」

高みまで押し上げられるあの感覚が再び襲いかかり、ギゼラは強烈な歓喜に呑み込まれる。深々と埋め込まれた熱杭を引き絞って、びくんびくんと跳ねる身体から、エリアスが慌てた様子で欲望を引き抜いた。それをシーツでくるみ、彼は短く身震いする。

「――……」

嵐のような興奮が過ぎ去った後、互いに息を乱しながら、言葉もなく見つめ合う。

彼の出した条件を呑んだ。これで、エリアスはまた近衛として王宮に戻ってきてくれる――。

そんな期待がこもったギゼラの眼差しから、彼は顔を背けた。

「……やはり無理です」

「……え……？」

「間男に甘んじるなど不可能です！」

押し殺した声で叫び、エリアスは腕をのばしてギゼラをかき抱く。

「私はあの王子にギゼラ様を譲りたくはありません。できれば共に北翼に戻り、朝も昼も夜も抱いて私だけのものにしたい……！」

(何を……何を言っているの……？)

ギゼラがフロリアンと結婚するのは、もはや避けようのない未来だ。北翼に戻ってエリアスだけのものになるなどありえない。ありえないことを、どのようにして実現しようというのか――。

「いけない……」

ふいに彼が遠くに行ってしまいそうな予感が胸をよぎり、ギゼラは身を離して問い詰めようとした。しかし抱擁の力はびくともしないどころか、ますます強く抱きしめてくる。

もがくギゼラの耳元で、彼はやるせなくささやいた。

「もう手遅れなのです」

「エリアス……っ」

「あなたを手に入れるため、私は悪魔に魂を売りました」

「どういうこと……？」

問いに応じる言葉はなかった。代わりに腹部に鋭く重い衝撃を受ける。

（エリアス……！）

抗議する間もなく意識を失うギゼラを、彼はそっと寝台に横たわらせる。

闇に塗り潰されていく意識の片隅で、ほの暗くも決意を込めた声を聞いた気がした。

「目を閉じて、耳を塞いで待っていてください。私はギゼラ様にふれる正当な権利を手に入れてみせます」

第三章

数日後、とうとう王宮でエリアスの不在が明らかになってしまった。

「どうして？　誰も言っていないんでしょう？」

ギゼラの問いに、ヴェインが重い口調で答える。

「どうも密告があったようです。王太子側が手をまわしたそうで、……おそらく退路を断つためにエリアス自身がやらせたことではないかと」

「そんな――」

ギゼラはへたり込みそうになった。

こうなった以上、エリアスは王命に背いた罪で除隊処分になる。つまり、彼はもう二度とギゼラの近衛に戻ることができなくなってしまう。

「ひどいわ。嘘つき……」

ギゼラは無力感に苛まれてつぶやく。

あの後、いつまでたってもギゼラが出てこないことにしびれを切らしたヴェインは屋内に踏み込んだ。しかし部屋の中にいたのは着衣のまま寝台に横たわるギゼラのみ。エリアスは姿を消していたそうだ。

彼の求めた通り、一度とはいえ彼のものになったのに。エリアスのため、父王もフロリアン王子のことも裏切ったというのに。

(北翼から出ようなんて考えなければよかった。世間に忘れ去られたまま、いつまでもあそこで静かに暮らしていればよかった。そうすれば——)

いったいどこで道を違えたのかと思い返せば、父王の招きに舞い上がった、あの瞬間しかない。

あの時、自分は彼を失う未来に向けて一歩を踏み出していたのだ。過去の自分の浅はかさには悔恨しかない。

エリアスはまたしても行方をくらましてしまった。ヴェインが手を尽くして捜してくれているが、向こうもそれを予想して警戒しているため、前回のように簡単にはいかないらしい。

「何をするつもりなのかわからないけれど、彼が今後ヨーゼフお兄様と連絡を取るのはまちがいないわ。だからヴェイン、耳をすませて、何でもいいから情報を集めて」

「わかりました」

うなずいてから、彼はちらりと笑みを浮かべる。

「……ギゼラ様、ずいぶん変わりましたね」

「そう？」

「ええ。以前よりもご自分の考えをはっきり示されるようになりました」

これまでのギゼラは、物言いたげな様子でいたことは多いものの、自分の希望をあまり口にしなかったため、どうすれば意に沿えるのか少々わかりにくかった。ヴェインは苦笑交じりにそう話した。

「ですが最近は何を欲していらっしゃるのか、とてもわかりやすくなりました」

「そうね。きっとそうだと思うわ……」

エリアスと身体を重ねてから、ギゼラの中で変化があったのは確かだ。

あれはギゼラにとって、青天の霹靂《へきれき》と言ってもいい出来事だった。愛する人を身の内に受け入れた衝撃は、ギゼラを覆っていた殻にひびを入れた。今まではエリアスが、その中にいていいと許してくれていた殻——ギゼラの平穏を守っていた殻だ。

目がくらむような彼の激情を知り、強く愛されていると実感し、少しだけ自信と自覚を得た。

幸せにされるのを待っていてはいけない。そう思えるようになった。ギゼラは自分で自分を救わなければならないし、そのための力もあるのだと彼が教えてくれた気がする。

そしてギゼラの幸せにはエリアスが不可欠である。

(彼を守りたい――)

そんな思いが今のギゼラを支えていた。

『あなたを手に入れるため、悪魔に魂を売りました』

彼は不吉なことを言っていた。きっとヨーゼフと共に何かをするつもりなのだ。

その時、彼が危ない目に遭わないよう、不利な立場に立たされないよう、自分にできることがないか考えよう。

祈るような覚悟が現実になったのは、翌週のことだった。

⚜

その日は王宮内の広間で、各地から招いた貴族が一堂に会する重要な会議が催される予定だったため、いつにも増して人出が多かった。会議に出席する貴族のみならず、その身内や供の者など、見慣れぬ顔も多く目につく。

顔ぶれをさりげなく頭に入れながら、フリッツは混み合う廊下を歩いた。

手にはリスの首につないだ紐を握りしめている。主君に代わってリスを散歩させている

――というのは建前で、王宮内をうろつくための口実である。

ギゼラは現在、自室で勉強中。近衛隊の隊長代理であるヴェインとミエルが護衛をしているはずだ。

とはいえミエルと交代する時間が近い。フリッツはリスの紐を握りしめ、ギゼラの部屋へ急いだ。

（なんか調子がくるうんだよな……）

部屋に戻ったら、王宮を一周して目についたことをギゼラに報告するのだが、それがどうにも慣れない。

今までは間にエリアスが入っていたため、フリッツが直接ギゼラに何かを報告することはなかった。報告だけではない。ギゼラに関してのみ異様に狭量なエリアスは、近衛の兵士――というより異性を彼女に近づけることを極端に嫌っていた。

ミエルやフリッツはもちろん、副隊長のヴェインですらできる限り遠ざけ、ギゼラと話をする際には必ず自分を通すよう、くどいほど念を押していた。

（まぁ、空気を読まない副隊長には通じてなかったみたいだけど……）

一度フリッツが、冗談半分にエリアスの目を盗んでギゼラと言葉を交わしたところ、ものすごい目でにらまれた。おまけにその後、思いつく限りの雑用を言いつけられ、しばらくの間主君の傍に寄ることもできなくなった。

（めんどうくさい人だよなぁ……）

おっとりとしたギゼラはまったく気づいていないようだが、人形のように美しく、清楚で優しげな王女に魅せられる男は少なくない。

本城に移り住んでから、ギゼラに近づこうと試みた男は多くいた。だが誰一人としてエリアスの警戒網を突破することはかなわなかった。一人また一人と、巧みな政治的対処、あるいは実力行使によって追い払われていくのを、フリッツは見ないふりで見守った。

ことほどさようにギゼラと異性が接触する機会を潰してまわっていたエリアスも、フロリアンとの交流にだけは手を出せなかった。

（よく我慢していたもんだ）

おまけにフロリアンは、ギゼラの必死の努力をことごとく無にしていた。そのたびにエリアスのこめかみには、ぴくぴくと青筋が浮いていた。切れるのは時間の問題だと思っていた。むしろよく一週間も持ちこたえたものだ。

（どうするんだろう、あの人……）

ギゼラとフロリアンとの結婚が我慢できず出奔してしまうなど、どうかしてしまったとしか思えない。おまけに王太子と組んで、国王に大それたことをしでかすかもしれないという。そんな方法でギゼラを手に入れられると、本当に考えているのだろうか？

臣下の立場を忘れるほど愚かだとは思っていなかったが……恋はそれほどに盲目という

ことか。

（やっぱ恋だったんだなぁ……）

元々あの献身ぶりは、忠誠心と言い張るには無理があった。擬態してごまかしていた気持ちが、フロリアンの登場で正体を現してしまったわけだ。

（ギゼラ様のことを抜きにすれば、優秀な人だったけど……）

と考えたその時、ふと視界を横切った人影に足を止めた。茶色の地味な上着とウェストコートをまとった男だ。今日は特別に様々な人間が集まっている点を差し引いても、何とは言えないものの、何か――引っかかる。

（毛色がちがうっていうか……）

従者とも、仕事で出入りする平民とも異なる空気をまとっている……ように見える。

気になって男を追ったフリッツは、人目につかない入り組んだ廊下まで来たところで、男が思いがけない相手と落ち合うのを目撃した。

不満そうに鳴くリスを引き寄せて抱き上げ、物陰に身を寄せて再度確かめる。……と。

（やっぱり――）

視線の先にいるのはエリアスだった。見慣れた近衛の隊服でないため雰囲気がちがうがまちがいない。あたりを警戒する素振りで周囲の人間と言葉を交わしている。何を話しているのだろう？

フリッツは足音を忍ばせ、さらに近づいていった。

⚜

「大変だ！」

自室で勉強をしていたギゼラのもとに、突然フリッツが飛び込んできた。彼はナッツを部屋の中に放すや、入口近くに立っていたヴェインにまくしたてる。

「たった今、西翼につながる廊下でエリアスを見かけた！　まさにこれから仲間と武装して国王陛下を襲撃するって話をしてた――」

「なに……!?」

「会議で衛兵たちが議場周辺に集められて、王宮内の警備が手薄になる瞬間をねらうって」

報告にギゼラは首を傾げた。

「でも……陛下も会議に出席なさるのでは？」

「エリアスは、陛下がこれから少数の近衛と共にパウラ妃の部屋に向かい、そこで過ごすはずだって言ってました。パウラ妃の部屋は、議場から離れているので襲いやすいと」

フリッツは緊張にこわばった顔で言う。

「仲間は、俺が見た限りは三人でしたが、他にもいる感じでした」

「――……」

その場に重い沈黙が降りる。やがてミエルが、ギゼラに促した。

「ギゼラ様、ご指示を」

「え、えぇ……」

衝撃のあまり、うまくまとまらない思考を何とか立て直す。

「……もし勘ちがいだったら、それでかまわないわ。わたしたちもすぐにパウラ妃の部屋に向かいましょう」

「現場へは我々が向かいます。ギゼラ様はここでお待ちください」

すかさず応じたヴェインへ、ギゼラは首を振った。

「いいえ。もしエリアスが襲撃の指揮を執っているなら、いざという時にわたしがいたほうがいいわ。エリアスは決してわたしを傷つけないもの」

「ですが……」

「お願い。連れて行って」

ギゼラは自室にいる三人を一人一人見まわす。迷う様子だった彼らは、視線を交わしてうなずき合った。

「必ず誰かと一緒にいてください。決して一人にはならないとお約束ください」

「わかったわ、約束する」

話が決まるや、皆で部屋を出る。足早に廊下を歩き、ギゼラはまっすぐにパウラの部屋へ向かった。

彼女の部屋は、庭園の湖に臨む二階である。王宮の中でも最も景観の良い部屋のひとつだ。また政治の場として機能する中枢からやや距離があるため、喧噪《けんそう》とも無縁で静かな一画である。

部屋の近くまで来た時、泡を食った様子でこちらに駆けてくるフロリアンの姿を見かけた。供はいないようだ。ギゼラに気づいたとたん、彼は足を止め、何でもない顔で普通に歩き始める。

何をしているのかと、しばし気になったものの、すぐに忘れた。今はそれどころではない。

パウラの部屋の前まで行くと衛兵が二人立っていた。近衛の制服だ。彼らはいぶかしげにギゼラを見て誰何する。

「これは王女殿下。いかがなさいましたか」

「ここに国王陛下がいらっしゃると聞いてまいりました。陛下に大事なお話があります」

しかし近衛は木で鼻を括るような反応だった。

「陛下は現在、会議に出席されております。ここにはいらっしゃいません」

「バカを言うな。だったらなんでおまえたちはここに立ってるんだ」

ヴェインの指摘に近衛たちの顔が険しくなる。

まさにその時、室内で女性の悲鳴が響いた。続いて、慌てふためく男たちの声が上がる。

『なんだ、おまえたちは！』

『いったいどこから現れた!?』

近衛が息を呑む。そんな二人にギゼラは強く訴えた。

「陛下を襲撃する計画があると聞いて駆けつけたのです！　入れてください！」

「まさか……っ」

近衛たちは色を失い、急いで中に入っていく。

「陛下!!」

一緒に室内へ踏み込んだところ、まさに乱闘の最中だった。悲鳴と怒号、家具や調度の倒れる音があちこちで上がっている。おまけに銃声も響いた。ギゼラはビクリと肩を竦める。

(陛下は……!?)

見まわした目が、壁を背にして立つ父王の姿を捉えた。――そして彼に銃口を向けるエリアスを。

「ダメ……！」

まちがっても彼にそのような大罪を犯させてはならない。その一心でギゼラは両手を広げて国王の前に立つ。

するとエリアスは——まるでそれを予想していたかのように、あっさりと銃口を下ろした。とたん、国王の近衛が彼に飛びかかり、拘束にかかる。

「曲者め！　抵抗するな！」

改めて周囲を見渡せば、襲撃者とおぼしき男たちは全員、国王の近衛とヴェインたちによって制圧されつつあった。国王は従者に囲まれ、パウラと共に部屋の外へ退避する。

ギゼラはその背を見送り、胸をなでおろした。

(何とか……阻止できた……？)

振り返れば、エリアスが複数の人間の手で床に押さえつけられている。

「エリアス……っ」

「危険です、殿下！」

駆け寄るギゼラを国王の近衛が厳しく制止した。いつもであれば、こんなふうに強く声をかけられれば反射的に従ってしまう。しかし今は耳に入らなかった。

ギゼラは目の前まで近づき、床に膝をついてエリアスを見下ろす。

「どうして？　……なぜこんなことを？」

三人がかりで押さえつけられた彼は、不自由な体勢のままギゼラを振り仰ぐ。そしてまぶしげに目を細め、周りに聞かせるように、一言一句はっきりと言った。

「国王を守る決意に満ちたギゼラ様のお姿があまりに崇高で、お美しく、とても引き金を引くことができませんでした。私の卑劣な欲望が、ギゼラ様の高潔さに膝を屈したのです。

──私の負けです」

⚜

国王襲撃という大事件は宮廷を大きく揺るがせた。

犯人はギゼラの近衛隊の元隊長エリアスと、国王の長年にわたる宗教政策に不満を持つ不穏分子たち。

国王は即位以来、過激な思想を説く宗教指導者たちを弾圧してきた経緯があり、流血を伴う事件もたびたび起きている。さすがに王宮の中での事件は初めてだが、引き入れる者がいれば不可能ではない。

そもそもは不穏分子の一団が、フロリアン王子とのいざこざによって謹慎処分を受けたエリアスに近づき、自分たちの計画に利用するために取り込んだ、というのが真相のようだ。元々ギゼラ王女に懸想していたエリアスは、彼らの甘言に乗ってしまった。──当初、宮廷ではそのように噂されていた。

しかし数日後。入念な取り調べの結果、エリアスが漏らした証言に、さらなる激震が走った。

彼は「王太子ヨーゼフの命により、不穏分子を焚きつけて国王を襲撃させた」と白状したのである。

「成功し、ヨーゼフ様が玉座に就かれた暁にはギゼラ王女を得る約束だった」「パウラ妃の部屋へ忍び込むことができたのは、事前に王太子から教えられていた秘密の抜け道を使ったため」など、真実味のある証言の数々により、捜査の手はヨーゼフにまでのびることとなった。

秘密の抜け道とは、有事の際に王族が脱出するために使われるもの。王族しか知りえない情報である。しかし当のヨーゼフは、「エリアスの証言は虚偽だ。これは自分を陥れる策略だ」と主張しているらしい。

「……それで？　エリアスはどうなるの？」

ギゼラは震える声でヴェインに訊ねた。

近衛の面々が宮廷で拾ってくる情報は、ギゼラの不安を煽るものばかり。

「すべて正直に話したのだもの。刑が重くなったりしないわよね……？」

最も気になることを訊ねるも、三人の表情は暗い。

「いくら正直に白状したとはいえ、国王暗殺未遂は大罪中の大罪です。極刑は免れないかと」

「残念ですが僕も同意見です……」

「拷問で責め殺されるんじゃなくて、ひと思いに殺してもらえるとは思うッスけど……」

「やめて……！」

不吉にして残酷な予想に、ギゼラは耳をふさいだ。

（……どうすればいいの？　エリアス……！）

混乱と不安に心をかき乱され、涙がこみ上げる。くちびるを引き結んで、ぐっとそれを我慢する。

泣いていても何も解決しない。何かしなくては。自分にできることを、何か――。

ぐるぐると考えた末に、ギゼラは椅子から立ち上がった。

「……国王陛下にお願いするわ」

「聞き入れていただけますかね」

「ダメと言われても、何度でもお願いにうかがうわ」

決然と言い、善は急げとヴェインだけを伴って部屋を出る。

襲撃事件の前であれば、政略結婚以外に役目のない王女が訪ねたところで、ていよく門前払いをされるだけだっただろう。しかし今はちがう。

国王の執務室の前に立つ衛兵は、ギゼラの姿を見るやドアを開け、中の居間では侍従が恭しく腰を折った。

「これは王女殿下。ようこそいらっしゃいました。陛下はお隣の部屋で執務をされております。少々お待ちください」

そう言い置いて侍従は国王にギゼラの来訪を報せに向かう。

エリアスが刺客を率いて国王を襲撃した出来事と、同じくらい大きく噂されているのが、ギゼラが国王の前に立って凶弾から守ったという事実である。

エリアスに国王弑逆《しいぎゃく》の大罪を犯させたくない。その思いに突き動かされての行動が、「己の危険を顧みず盾となり、父王を救った」という形で広まったのだ。

現在ギゼラは、国王の命の恩人と見られていた。

しばらく待っていると、やがて侍従が隣の部屋から戻ってくる。彼は折り目正しく、ギゼラ一人だけ中へ進むよう告げてきた。ヴェインの励ます眼差しの中、ギゼラは父王の待つ部屋へ入っていく。

「失礼します、ギゼラです――」

足を踏み入れた国王の執務室は、見たこともないほど豪奢《ごうしゃ》な構えだった。四方の壁や立派な執務机は明るい飴色の樫材で、細部まで精緻な浮彫が施され、大きなソファやカーテンは赤と金でそろえられている。壁にかけられた複数の絵画も重厚で華やかな雰囲気に映えるものばかり。

父王は書簡や書物、筆記具で雑然とした執務机ではなく、その前に据えられたソファに腰を下ろしていた。書類に目を通しているようだ。

膝の上では小さな女の子が遊んでいた。今年三歳になるパウラの娘――ギゼラの異母妹だ。小さな身体にクリーム色のシフォンが重なった、ふわふわとしたドレスを身につけている。くるくると癖のある栗色の髪の毛は、大きなリボンで左右に結ばれていた。傍目に見ても愛らしい。

父王の膝に座り、幼い女の子は白い猫と戯れている。ままごとの最中のようだ。無邪気な姿を、ギゼラはうらやましい思いで見つめた。が、国王の声に我に返る。

「余に何か用があるとか」

彼は書類に目を落としたまま、こちらを見ようともしなかった。ギゼラはかしこまって応じる。

「はい。私の近衛隊長であったエリアス・クレティアンの処遇について、お願いが――」

「おぉ、なんだなんだ、急に立ち上がっては危ないではないか」

ギゼラの言葉を遮るように、国王が猫なで声を出した。

見れば、飼い猫を追って立ち上がり、よろめいて落ちそうになった女の子を、国王が書類を手にしたまま抱き留めている。

「おてんば姫め。飽きてしまったのか？　ん？」

彼は、幼い娘の額に自分の額をつけるようにして言う。目尻を下げて優しい笑顔を向けている。

(わたしも――)

二人の光景を、ギゼラは食い入るように見つめてしまった。

自分も幼い頃はそこにいた。父王に愛されていた。だが今、彼はこちらには目もくれない。

ギゼラは父に愛されていない――。

改めてその事実に思い至り、胸がしくしくと痛む。

「あと少しだ。あと少し我慢せよ。そうしたら散歩に連れて行ってやるからな」

父王が言い含めると、女の子はすとんと彼の隣に腰を下ろした。白い猫を抱きしめたま
ま、ギゼラのほうを不思議そうに見上げる。

苦い思いを押し殺し、ギゼラは再び頭を垂れた。

「どうか国王陛下の御身をお守りしたわたしの功に免じて、エリアス・クレティアンの処刑をお許しください。命だけは助けてください。伏してお願い申し上げます。どうか――」

必死の懇願を、王は冷たく一蹴する。

「あやつは余の命を狙い、銃口を向けてきた。万死に値する」

「ですが撃ちませんでした。おそらく彼は最初から、陛下に向けて引き金を引くつもりはありませんでした」

「なぜそう言える？」

「彼は事前にわたしの近衛に姿を見られておりました。エリアスは優秀です。本来の彼であれば決してそのような失敗はしません。きっと自分の暴挙を止めてほしいがゆえに、あえてわたしたちに姿を晒したのです」

「……なるほど。そういうことか。あいつ――」

「え……？」

ぶつぶつとつぶやく国王に、ギゼラは顔を上げる。すると彼は、書類を持った手をぞんざいに振った。

「エリアスは刺客を引き連れて現れ、余を襲った。国王弑逆の企みを許せば国が揺らぐ。減刑はかなわん」

「そこをなんとか……！」

ギゼラは父王に駆け寄って足下に跪き、両手を組んで振り仰ぐ。

「どうかお願いです。わたしにできることがあれば何でもいたします。ですからどうか……！」

「バカバカしい。おまえに極刑を免じるほどの何ができるというのだ」

「王女の身分を返上してもかまいません！　すべてを手放し身ひとつで国を出ていけと言われても従います。ですからどうか！　どうかお慈悲を……！」

と、頭上から幼い声が降ってきた。

「おとうさま、このひと、かわいそう……」

「おぉ、心優しいおまえの目には酷な見世物だな。よしよし」

父王は猫ごと幼女を抱き上げ、部屋の外へ連れ出していく。居間で乳母にでも託しているのか。床を見つめたまましばし待っていると、やがて一人分の足音が戻ってきて、重々しくソファに座る気配がした。

頭上であきれたようなため息が響く。

「あやつはおまえの男か」

「………っ」

無造作な問いにぎくりとした。

床を見つめたまま硬直するギゼラの顔を、国王はつかんで持ち上げる。

「ただの近衛のために、何もかも捨てるなどと言うものか。男女の仲なのだろう？　いつからだ？」

「……いいえ。……いいえ、そんなことは……っ」

震える声で応じると、顔をつかむ手に力がこもった。

「嘘をつくな！」

間近で怒鳴られ、恐ろしさに身を縮める。正直に白状しなければ今度こそ許さないと言わんばかりの剣幕に、ひどく迷った末、ギゼラはかすかにうなずいた。

「……はい」

国王は舌打ちをしてギゼラの顔を放す。

「おまえも母親と同じというわけか」

「……はい？」

意味深なつぶやきにとまどう。ソファに深く座り直した国王は、ギゼラを見下ろして、ひどく苦々しい面持ちで告げた。

「おまえは余の娘ではない」

「……え？」

「おまえの母親が、余の留守中に庭師を咥えこんで生まれた娘だ」

「――――は……？」

おもしろくもなさそうな口調で突きつけられた真実に、頭が真っ白になる。

茫然とするギゼラを見下ろし、国王は続けた。

ギゼラの母親は、国王が遠方の地で見初め、半ば無理やり王宮へ連れ帰った下級貴族の娘。それゆえに遠方への視察のため国王が長く城を空けていた間、アンヌやその取り巻きによって徹底的にいじめられた。そんな彼女を慰め、心の救いになったのが、見目のいい若い庭師だったという。

二ヶ月ほど庭師と密かにつき合った後、国王が帰ってきたため自然に別れる形となったが、その後に懐妊が明らかになり、彼女の侍女は子供の父親が国王なのかどうか疑いを持った。そして案の定、国王の帰城後にできたにしては早い時期の出産となった。

「あの女は早産だと言い、余もそれを疑っていなかったが——侍女によると、赤子を取り上げた産婆は早産ではないと言っていたそうだ」

侍女は、その時は沈黙を守った。しかし数年後、病の床についた侍女は、死に際に神父にそれを告白し懺悔《ざんげ》した。驚いた神父は国王へ密かに手紙を送り、侍女の話を伝えた。そして手紙を読んだ国王がギゼラの母親を問い詰めたところ罪を認めたため、激昂した国王は庭師を殺すと息巻いた。

「その際、あの女は今のおまえのように、床にひれ伏して男の命乞いをした。あぁ……思い出してみればそっくりだ」

国王は乾いた笑いを漏らす。

「さすがに庭師に寝取られたとあっては余の名誉に大きな傷がつく。よって結局、浮気の事実はなかったことにして、あの女を追い出してやった。おまえは王女という立場にあったゆえ、事実を隠すとなると王宮に留めざるをえなかった。——それだけよ」

「それでは……わたしは……わたしは……」

混乱の極にあったギゼラは、縋るように国王を見上げる。彼はソファの背もたれに腕をかけ、気のない口調で言った。

「おまえは王女の立場を返上すると言ったが、そもそもおまえに王家の血は一滴も流れていない」

「そんな……」

これまで信じていたものが一瞬にしてひっくり返ってしまった。何をどう受け止めていいのかわからない。

ただただ茫然とする中、どこかで納得する思いもあった。

国王にとってギゼラは、愛する女性と、浮気相手の間に生まれた子供。だからアンヌに虐げられても無関心を貫いた。彼の望む通り縁談を受け入れてからも、どこか冷ややかだった。フロリアン王子は国王の甥。――この縁談は国王にとって、フロリアン王子を迎えるためだけのものだったのだ。

(陛下はわたしに対して関心がないわけではなかったのね……。忌々しかったんだわ……)

たどり着いた真実に胸が張り裂けそうになる。おまけに――さらにもうひとつの真実に思い至り、絶望的な気分になった。

「では……」

悲痛に掠れた声でうめく。

「エリアスは王女でも何でもない娘のために、命を落とすことになるのですか……？」

彼の忠誠が最初から的外れであったなど、そんなのあんまりだ。一切の光が絶えた暗闇の中で途方にくれていると、国王は軽く肩を竦めた。

「エリアスは知っているぞ」

「……え？」

「ヨーゼフのせいだ。あいつはどこからかその事実を聞きつけ、証拠を探した。そして不貞を知らせる神父の手紙の存在を知り、余のもとから盗み出した。ヨーゼフはエリアスを呼び出して証拠を突きつけ、おまえが王女でない事実を秘密にするのと引き換えに、自身の企みにエリアスを引きずり込んだ。それが真相だ」

「――――……」

その瞬間、今まで不可解に思えていたエリアスの行動の数々が、ひとつにつながった。

失敗に終わるとわかっている計画に、なぜ加担したのか。

なぜ誰にも相談せず自分一人で抱え込んだのか。

恋のために道を踏み外したわけではなかった。そうと見せかけ――ギゼラの出生の秘密を守ろうとした。そのために彼はあらゆるものを投げ打った。

（エリアス……エリアス、エリアス……！）

自分のために彼が失ったものの大きさに震えてしまう。知らなかったとはいえ、なぜ愚かな真似をしたのかと彼を責めるばかりだった今までの自分を恥じるばかりだ。

悲嘆にくれるギゼラの前で、国王は立ち上がり、出口へ向かおうとする。

「話は終わりだ」

「お待ちください！」

ギゼラは床に這いつくばったまま、その進路を塞いだ。

「エリアスは陛下に危険を知らせたのではありませんか？　ヨーゼフお兄様の計画について、彼が陛下に報告しない理由がありません」

国王がヨーゼフの計画を阻止し、その間にエリアスは証拠の手紙を手に入れる。そうすれば後は国王の権力でギゼラの出生の秘密を守ることができる。エリアスはそう考えたはずだ。

（でも、そういう結果にはならなかった――）

理由は明らかだ。政敵であるヨーゼフを失脚させたい国王が、そのまま計画を進めさせるようエリアスに命じたのではないか。

ギゼラの予測に、国王はわずかに口の端を持ち上げた。

「それがどうした」

だから彼は従うしかなかった。国王に気づかれている襲撃計画を、王太子が命じるまま遂行するしかなかったのだ。

（ひどい……！）

何もかも、あんまりだ。国王もヨーゼフも、立場の弱さに、あるいは弱みに付け込み、エリアスを踏みにじった。

ギゼラは国王の脚に縋りつかんばかりに訴える。

「陰謀について知らせたエリアスは、陛下の恩人のはず。その彼をなぜ罪に問うのですか!?」

するど国王は、不愉快そうに眉根を寄せた。

「あいつは余の命令の半分に逆らった」

「……半分？」

訊き返した時、部屋のドアが開き、可愛らしい声が聞こえてくる。

「おとうさま。おさんぽ、まだ？」

とたん、国王の声が笑みくずれた。

「おぉ、行くとも！　今行こうと思っていたのだ」

彼はドアの前で身をかがめ、幼い娘を高く抱き上げた。――彼の血を引く本物の娘を。

「やはり――」

「さぁ余のお姫様。今日は何色の花が見たいのかな？」

「あかいの！」

「そうかそうか。では赤い花がたくさん咲いているところに連れて行ってやろう」

幼女を抱いて去っていく国王の背中を見送り――偽物の娘など一顧だにしない態度になおも傷つきながら、ギゼラは国王が残した言葉の意味を何となく理解した。

おそらく王はヨーゼフを陥れるだけではあきたらず、この一件を利用してギゼラをも失脚させるつもりだったのではないか。

そうすれば「本物の娘」に王位を譲ることができる。

ヨーゼフは計画にエリアスを引き入れた。ギゼラもそれを知っていて黙認した。――国王はそういう筋書きにしたかったのだ。

（きっとそうだわ。それしか考えられない……）

エリアスがあえてギゼラの近衛に姿を晒したという推測を口にした際、国王は言っていた。

『……なるほど。そういうことか。あいつ――』

あれは、事が思い描いた通りに進まなかった理由が、エリアスの背信にあったと気づいてのつぶやきだったのではないか。

エリアスはギゼラたちに計画を気づかせ、国王を守らせることで、当の国王の思惑を阻んだ。そのせいで彼の怒りを買ったのだ。

（近衛の職を辞したのも、一連のことにわたしを巻き込まないため……？）

虚空を見つめる瞳に涙があふれる。頬を伝ってぽたぽたと床に落ち、つらい真実の数だけ染みを作る。

国王と王太子という、ふたつの強大な存在の間で板挟みになり、それぞれの身勝手な思惑からギゼラを守るため、エリアスは身を滅ぼした。そして今、ギゼラが「国王の命を救った」と称賛されるのと引き換えに、彼は命を脅かされている。

（死なせたりしない。決して……！）

何が何でも彼を助ける――ギゼラは心の中で、静かに強く誓った。

彼が自分のためにしてくれたように、今度は自分が彼のために力を尽くすのだ。

どんな手を使っても。

そう、たとえ国王に背くことになっても。

⚜

ギゼラはその後、ヴェインを伴って久しぶりに北翼を訪ねた。

住む者のいなくなった建物は、現在は貴人の牢獄としての本来の役目を取り戻している。

今はここに、エリアスを含めて三名の囚人が囚われているという。

説明をしてくれた衛兵は、建物の中を指さした。

「入口近くの部屋に二名、少し離れて一番奥がエリアス・クレティアンです」

「ありがとう。二人だけで話したいのだけど……」

ギゼラがそう言うと、察したヴェインが鍵を渡すよう衛兵に求めた。そして自分は衛兵と共に入口にとどまる。

すでに日が傾き始めているため、屋内は薄暗い。しかしギゼラにとっては慣れた場所のため、一人でもどうということはなかった。廊下の奥に進んでいくと、衛兵の言う通り、一番奥の部屋からわずかな明かりが漏れている。

ノックをし、鍵を開けて中に入ると、寝台に腰かけていたエリアスが目を丸くして迎えた。それから眉根を寄せる。

「……一度ならず二度までも。いったいヴェインは何をしているのです？」

「入口にいるわ」

「仕事をしろと伝えてください。大切な御身にもしものことがあったら――」

「一人にしてとわたしが頼んだの。……エリアス、捕まった時は無傷だったのに、どうしてそんなに怪我をしているの……？」

尋問の最中に殴られたのか、エリアスの顔にはいくつもの痣《あざ》があった。服に隠れて見えないが、おそらく身体にもあるのだろう。

心配を込めて見つめると、彼はばつが悪そうに目を背ける。

「私が挑発的なことばかり言ったからです……」

「陛下の本当の命の恩人はあなたよ。わたしじゃないわ。――取調官にそう言って。本当のことを話して」

「なにをバカな――」

「ヴェインが調べてくれたわ。彼は襲撃があった際、陛下の近衛の数がいやに少なかったような気がして、探りを入れてみたんですって。そうしたらあの日、陛下の近衛は大半が会議の行われていた広間にいたことがわかったそうよ」

国王は直前まで会議に出席することになっていた。皆、国王がそこに姿を現すと信じていた。しかし予定はいつの間にか変わっていた。

おそらく国王は、襲撃が起こると知って出席を見合わせ、やってくるであろう犯人を捕らえるため近衛だけを送ったのだ。

「あなたが陛下に広間で襲撃すると伝えたのね。そして現場から離れたパウラ妃の部屋に隠れているよう勧めたのではない？　その上でわたしたちをパウラ妃の部屋におびき出し、あえて鉢合わせするように陛下を襲撃し、陛下の近衛ではなく、わたしたちが陛下をお守りしたという図を作り出した――そうでしょう？」

「考えすぎです」

「エリアス！」

ギゼラは、寝台に座る彼に詰め寄る。

「あなたがわたしの小さな癖をたくさん知っているように、わたしもあなたの癖をいくつか知っているわ。……あなたは図星を指されると口数が少なくなるの。ボロを出すまいと慎重になるのよね」

「ギゼラ様はお人柄が良いばかりでなく、大変聡明な方。お仕えして以来そう感じない日は一日たりともございません。ですが今はご自分の望む結果を得るために、都合の良い情報だけを集めているように見受けられます。真実は取調官に話した通り。言うことを聞けばギゼラ様と結婚させてくださるという王太子殿下の餌に飛びつき、国王陛下に恨みを募らせる不穏分子を焚きつけて襲わせただけのこと――」

怪しいと言われたとたん、立て板に水のように話し出した彼に、ギゼラは静かに告げた。

「あなたが隠そうとしている秘密について、国王陛下からうかがったわ」

「――……!!」

その瞬間、彼を取り巻く空気が変わる。

「わたしは庭師の娘なのですって」

「あなたはこの国の王女です！」

立ち上がり、彼は断固とした口調で続けた。

「正統な王位継承者です。それ以外の真実はありません」

「エリアス、もういいの」

「何がですか」

「手を考えて、必ずあなたを助ける。必要なら出生の秘密だって明かしてみせる」

と、エリアスは顔を歪めて首を振る。

「その必要はありません」

「あるわ。当たり前でしょう？　こんなことであなたを死なせたりしない」

固い決意を伝えるも、彼は「あぁ……」と、ため息交じりにうめいた。ギゼラの頬を手で包み、小さな笑みを浮かべる。

「お優しいギゼラ様。そこまでして私を助けようとしてくださるとは……」

間近から見つめてくるエメラルド色の瞳が意味深な熱を孕む。眼差しの奥には色濃い影が落ち、本心をきれいに覆い隠していた。ギゼラは何とかそれをのぞき込もうとするも

――


「もしや私の手管を惜しんでのことなのでしょうか？」

そう言いながら、彼はもう片方の手で腰と背中を悩ましくなでまわしてくる。性的な愛撫の不意打ちに、ギゼラは思わず息を呑んだ。

「……ぁ……」

「一度抱かれて味をしめましたか？」

「何を……っ」

身をよじって離れようとするも、腰を這う手がそれを許さない。まるで抵抗の意志を吸い取られるかのように、手のふれた場所から力が抜けていく。

「王女という尊い身でありながら、このようなところまで足を運ばれた上、近衛を遠ざけるなど……こういう目的でもない限り考えられません」

「違うわ、放して――」

「毎晩私を思い出して身体が疼くのでしょう？」

「エリアス……っ」

頭を振りつつも、息が震えてしまう。

そんなギゼラの本心は知っているとばかり、彼は耳元にくちびるを寄せ、うんと淫靡な声を鼓膜に注ぎ込んでくる。

「私は味をしめましたよ。あなたを前にして、身体が疼いてたまりません」

「……や、っ……」

耳朶にかかる息にまで感じてしまい、うなじがぞわぞわする。思わず首を竦めるギゼラの隙をついて、彼は無遠慮に脚の付け根にふれてきた。

勝手知ったる指が、ドレス越しに敏感な溝をなぞり、やわやわと揉むように刺激してくる。とたんにギゼラの腰が跳ね、脚が震え始めた。

「……んっ、やめ、ぁ……んんっ……！」

前方にある、特に敏感な部分をうにうにと押しまわされ、身の内を走り抜けた快感に悲鳴を上げそうになる。ギゼラはとっさにくちびるを噛んで声を押し殺した。

その顔を間近から見下ろして、彼は満足そうにくちびるの端を持ち上げる。

「やめるはずがありません。この房に入れられてから、することもなく何日もずっと、ギゼラ様との性交ばかり思い返しておりました。そんな時にこうして生身にふれる機会を得たのです。途中でやめられるわけがない」

悪辣に言い放つと、立っているのもやっとだったギゼラを、彼は難なく寝台に横たえてきた。

ドレスのスカートをめくり上げ、下着を引き下ろそうとする手に、慌てたギゼラがなけなしの抵抗を示すと、真っ赤になった耳朶を舐めまわしてくる。

「ひゃっ……！」

熱くぬめる舌の感触と、ぬちゃぬちゃと響く卑猥な水音に、身震いするような愉悦が背筋を走りまわる。ギゼラは必死に身をよじって逃げようとするも、それを許す相手ではない。

エリアスはいやらしく耳朶に舌を這わせながら、ギゼラの下肢を覆う下着をやすやすと剝いでしまった。

「あっ、だめ……っ」

あらぬ場所に冷たい空気を感じ、思わずこぼれた言葉に、彼はくすりと笑う。

「だめではないでしょう？　お好きなはずです。私にここを、こんなふうにいじられるのが――」

「あぁ……！」

耳朶を舐められながら、艶めいた声でささやかれる。それだけでも耐えがたいというのに、彼は器用な指で優しく花びらを開き、奥まった場所に隠れた雌しべをつまむようにして、ゆるゆると刺激してくる。

「あっ、いやっ……いや……っ」

たちまちあふれ出した蜜をまとい、指は硬い雌しべを柔らかく転がす。そのたびに強すぎる快感に襲われ、ギゼラは気づけば腰をくねらせていた。

相変わらずギゼラの耳を舐めていたエリアスがくすくすと笑う。

「いやらしい腰遣いを覚えましたね」

「ちが……っ」

快感を逃がそうとすると、おのずとそんな動きになってしまうのだ。しかし論理だった説明はできなかった。

意地の悪い手は、雌しべを転がしながら、あろうことか中にまで指を挿し入れてくる。しかし一度拓かれただけのそこは、まだせまい。そう察したのか、深いところまで潜り込んだ長い指は、中の襞をほぐすように押しまわした。

隘路を拡げようとする動きに、蜜口がぐぷぐぷと卑猥な音を立てる。

「んっ、ん……ぁ、やぁ……っ」

泣いて首を振りながらも、淫核で生じる痺れるような快感と、狭い入口を拡げられる甘い痛み、ついでに耳朶を這う舌の感触に、ギゼラの身体は官能に蕩け、高みに向けて階《きざはし》を昇っていく。

ハァハァと煩悶するギゼラを、エリアスは焦らしに焦らした上で、時間をかけて頂へと導いた。中の指を恥ずかしいほどきつく締めつけながら、ギゼラは待ちかねた官能の極みに達する。かき集めたシーツを口元に押し当て、何とかはしたない声が高々と響くのを防ぐ。

「――――んぅぅ……!!」

長いこと我慢をしたせいか、快楽をよけいに強く深く感じてしまった。

ビクビクと痙攣するギゼラを見下ろし、エリアスは目を細める。

「気持ちよく達きましたね」

そう言いながらヒクつく大腿を開げ、間に身体をねじ込んでくる。その意図に気づき、ギゼラは相手を手で押しのけるようにして抵抗した。

「エリアス、いや……っ」

大事な話をしに来たのだ。こんな形でごまかされてしまうわけにはいかない。

しかし相手はそのつもりのようだった。

「大人しくしてください。これで終わるはずがないでしょう？」

「いや……、」

彼が脚衣の前をくつろげている間に、ギゼラは身をよじってうつ伏せになり、逃げようとする。だがエリアスはそんなギゼラの腰をつかんであっけなく引っ張り戻した。

「あぁ……っ」

「しー。外に聞こえたら、迎えが来て終わってしまいますよ」

「………っ」

理不尽な指示にもかかわらず、ギゼラはうつ伏せのまま口を閉ざした。

確かに、もしギゼラのいやがる声が外にまで響いたなら、すぐさまヴェインが駆けつけてギゼラをエリアスから引き離すだろう。そうしたらもう話ができなくなる。下手をすると二度とここへ来ることもできないかもしれない。

とっさにそう考えたギゼラの頭上で、低く笑う気配がした。

「終わってほしくないのですね」

「だってまだ話が……終わっ、……ぁっ、……ん……っ」

うつ伏せになったギゼラの下肢に手を差し込み、ぐちゃぐちゃになった秘唇を指でかき乱しながら、彼は困ったように言った。

「くり返し申し上げますが、私はギゼラ様に惜しまれるような人間ではありません」

「それは……わたし、が、決め……ぁ、ゆ、指……そんな、動かしちゃ……ぁ、ぁっ……」

「品行方正な顔でギゼラ様にお仕えしておきながら、頭の中では常にこんなことばかり考えているのですから」

シーツを握りしめてビクビクと震えるギゼラの鼻先に、彼は餌をぶら下げる。

「私のことをもっと知りたいのであれば、腰を上げて脚を開いてください」

「エリアス……」

「教えてさしあげますよ。私がいつも想像の中で、どれほどの情熱をもってギゼラ様を犯しているのか」

自分の知る彼とはかけ離れた言葉に、ギゼラは大きく首を振った。

「いや……っ」

「ではこのままお帰りになりますか？」

嬲る口調に、ギゼラは肩越しに相手を振り返る。

「いじわる……っ」

「ギゼラ様があまりにお可愛いらしいので、ついいじめたくなります」

くつくつと喉の奥で笑い、エリアスはギゼラの耳元でささやいてきた。

「さぁ、のびをする猫のように腰だけを上げて、肩幅よりも大きく脚を広げてください」

ドレスを身につけたまま、そんな格好をするのは気が遠くなるほど恥ずかしかった。しかし相手がエリアスだと思えば、命令に従う羞恥は、甘い興奮に転じてしまう。

「はぁ……っ」

彼の言う通りにしたところ、彼はあろうことかスカートをすべてまくり上げてしまった。

「ギゼラ様の秘めやかな場所が、私にいたずらをされてトロトロになっているのがよく見えます」

「言わないで……」

臀部を剝き出しにされた格好を思い、目のくらむような羞恥に見舞われる。と、エリアスがその上に覆いかぶさるようにして、耳朶に口づけてくる。

「申し訳ありません。うれしくて、ついはしゃいでしまいました」

そうしながら、彼は自身の欲望を傲然と押し入れてきた。先日よりは抵抗が少ないものの、まだ未熟で硬い淫路を、息苦しいほどの圧迫感を伴って怒張がゆっくりと進んでくる。

その間、彼は両手でギゼラの腋の下からわき腹にかけてをなでまわし、項に口づけてくる。淫猥で丁寧な愛撫に、ギゼラは熱いため息をこぼした。

ひどいことをしているふうに見せかけて、彼の振る舞いは言葉ほどにひねくれていない。わざと露悪的なことを言い、愛想を尽かせようとしているのではないかとすら感じる。

熱杭を根元まで埋め込み、蕩けた淫路の最奥までみっしりと征服すると、彼もまた満足の吐息をついた。

「あぁ……夢にまで見た、ギゼラ様の中だ……」

前回とは体勢がちがうせいだろうか。より深くつながる感覚は、ギゼラに新たな陶酔をもたらした。
二、三回、具合を試すような抽送によって奥をつつかれただけで、あふれ出た愉悦に耐えきれず身震いする。
「……ぁっ、……はン……っ」

あえかな声をこぼすギゼラの尻をつかみ、彼は腰を打ちつけてきた。

「本当は……私は復讐《ふくしゅう》をするためにこの王宮へ来たのです」

二度目とは思えないほど欲深い淫路の締めつけを味わっているのか。あるいは罰を与えているつもりなのか。彼はじれったいほどゆったりと抜き挿しをくり返し、ギゼラを切なく啼かせる。

「ですが果たせなかった。……来るのが遅すぎたのです。そのため好機を逃してしまった」

悔根のこもった告白とは裏腹に、彼の腰遣いは次第に大胆になっていく。静かな部屋の中に、ぎしぎしと寝台のきしむ音と、肌のぶつかる音、そしてギゼラの喘ぐ声が響く。

もっと欲しいという、はしたない欲求に身を焦がしていたギゼラは、大きく揺さぶられるようになると、激しい陶酔に背筋をきつくしならせて乱れた。気づけば彼の動きに合わせ、自分から腰を振り立ててすらいる。熱烈に怒張を締めつけると、その分身体を内側から揺さぶられる感覚が深まり、さらなる快感を引き出された。

角度を持った欲望に腹の奥をくり返し抉られる。あと少しで頂に手が届きそうなほど深い歓喜に、顔をシーツに押しつけて声を殺す。

「んっ、んんぅ……っ」

涙をぽろぽろこぼして惑乱していると、彼は自身を一度引き抜き、ギゼラの身体を仰向けにひっくり返した。そしてひと息にギゼラを貫き、かつそのまま抱き上げるようにして寝台の上に座る。

「あぁ……！」

ずぅんっと深く内臓を押し上げる欲望の逞しさに、堪える間もなく声が迸る。同時に、ギゼラは一人で高々と達してしまった。

彼の首筋にしがみつきながら、中できつく欲望を締めつけるギゼラの苦悶に、エリアスが苦笑する。

「満足されましたか？　こんなところまで抱かれにいらしたご期待に沿えたならいいのですが……」

心外な決めつけに、ギゼラはハァハァと息を乱して涙交じりに抗議する。

「ちが……、あなたを、ここから出す、……方法、考え……」

と、エリアスはまだ絶頂の余韻のただ中にいたギゼラの身体に腕を巻きつけ、ずんっと腰を押し上げてきた。

「あぁっ……！」

余計なことは考えるなとばかり、自重で深々と貫かれたギゼラを上下に突き上げてくる。奥の性感を小刻みにトントンと穿たれ、細かく弾ける快感に目の前で光が明滅した。

「……ぁっ、ん……んんっ、……！」

大きな身体ですっぽりと抱きしめられ、逃げ場のない状態である。硬くそそり立つ欲望でお腹の奥を何度も突き上げられ、そのたびに深い快楽が爆発する。

「延々と私を苛み続けてきた悪夢から、そろそろ解放されたい」

重なり合った胸から声が淡々と伝わってきた。大事な話に集中したい。しかし――自ら話をしながら、彼はこちらの理解を阻むように、より淫らな動きをする。

声を上げられない分、ギゼラはひときわ猥りがましく腰をくねらせた。ぐちゅぐちゅと音が上がるほどぬれた結合部で、淫核がぬるぬると押されて擦れ、果ての見えない快感にのたうつ。

そして深い場所にある性感を突かれるたび、下腹から脳天までくり返し快感に貫かれた。下腹の奥が熱くわななき、硬い怒張に貪欲にむしゃぶりつく。と、ご褒美とばかり内奥を太い切っ先がごりっと抉る。

「――……っっ」

迸りそうになった悲鳴は、とっさに塞いできたくちびるの中に吸い込まれた。快感の極みに達している中、腰が蕩けるほど濃厚な口づけを受け、ギゼラは彼にしがみついたまま、ビクビクと全身を震わせて歓喜に浸る。限界を突き抜けるような快感が四肢の先まで響き渡った。

「ん、んんぅ……！」

同時にギゼラの蜜洞が激しく収縮し、雄の爆発を促すように締めつける。彼はくぐもったうめき声を上げ、ギゼラを寝台に横たえて自身を引き抜いた。そして前回と同じく急いでシーツをつかんで引き寄せ、見せないようにして果てる。

快楽に霞む頭で、ぼんやりとそれを眺めたギゼラは、エリアスの想いを感じずにはいられなかった。

一瞬、彼の子供を産めたならどれほど幸せかなどと夢想したギゼラとは大違いだ。この状況で身ごもればギゼラが苦労すると、誰よりも真剣に考えてくれている。……彼はどうやら、生きる意志がないようだから。

「だから……復讐を果たせなかったから、死を望んでいたというの？　……自分を罰するため？」

「いいえ。それほど殊勝な性格ではありません。ただ……私はずっと亡霊に取りつかれているのです。今回の件がなくとも遅かれ早かれこうなっていたでしょう」

迷いなく言いきる彼の眼差しは穏やかだ。本気なのか、それともギゼラの干渉を煙に巻く演技なのか、判別がつかない。

（エリアス……）

彼がどれほどつらい日々を送っていたのか、過去の呪縛がどれほど重いのか、ギゼラには想像もつかない。アンヌに虐げられていた子供の頃、死ねば楽になるかもしれないとは考えたが、死にたいと思ったことはなかった。

つらい日々から、エリアスが救ってくれた。だからこそギゼラは今、前を向いて生きていられる。その感謝や、自覚したばかりの想いに、彼を生に執着させるだけの力のないことが悔しくてたまらない。

ギゼラはエリアスの中で、過去を越える存在にはなれないのだ。

（しかたがないけれども……）

先ほどまで彼の欲望を受け止めていた下腹が切なく疼く。彼に生きてほしい。処刑を回避するためもっと必死になってほしいが、どうすれば翻意を促せるのかわからない。

（それでも――）

ギゼラは身を起こすと、自らエリアスに口づけた。驚いたように目を瞠る彼にくちびるを押しつけ、拙いながら精いっぱいの情熱を伝えようと試みる。と、勢いあまって押し倒す形になってしまい、ギゼラは彼の脇に両手をついて見下ろした。

鼻筋の通った秀麗な眉宇と、いつもどこかさみしげで、暗い影を宿すエメラルド色の瞳を間近で眺め、愛しさに胸が震える。五年間、ギゼラを救い続けてくれた人。任務の領分を軽く越えて深い愛情を注いでくれた人。

「……それでも、わたしはあなたに会えてよかった」

涙をにじませて素直な気持ちを吐露すると、彼は苦しげに眉根を寄せた。

第四章

「……それでも、わたしはあなたに会えてよかった」

慈悲深い思いに応える言葉を、エリアスは持たなかった。

裏切り者を演じつつも、この道を選んだ自分を誇りに思う。一方で清らかな本心に応えることができたならと考えずにいられない。

一心に愛を求める主君の傍らで、一生求められるままに愛情を注いで生きることができれば、どれほど幸せか。だがそれは見果てぬ夢だ。

（この王宮で、ギゼラ様がお立場にふさわしい待遇を得るためだ。他に道はなかった――）

舞踏会でヨーゼフ王太子から話したいことがあると言われた。

後日、改めて訪ねた際に突きつけられた事実に、頭を殴られるような衝撃を受けた。彼は、エリアスが言うことを聞けば、その事実を闇に葬ると言ってきた。だがその言葉を額面通り受け取るほど、おめでたくはなかった。

仮にヨーゼフの求めるままに事が成っていたなら、彼はすべての罪をエリアスになすりつけて幕引きを図ったことだろう。その後、国王の威信を貶《おとし》めるためギゼラの秘密をあえて暴露していた可能性がある。

国王の命令も非情だった。計略に乗ったふりでヨーゼフを失脚させよ。その後おまえはギゼラのもとへ逃げ込め。そうすれば悪いようにはしない。

それはとりもなおさず、ギゼラも計画に加担していたように見せかけろという命令だった。

『命までは取らぬ。北翼に幽閉するだけだ。いずれ何かの折に恩赦を与えよう』

その約束もどこまであてになるかわからない。おまけに無実のギゼラに、父王への反逆に加担したという謂われのない罪状がついてまわることになる。――他でもない、自分のせいで。

(到底呑めるはずがない!)

よってヨーゼフの口車に乗ったふりで襲撃を計画し、あえてギゼラたちに気づかせ、誰の目にも明らかな形で彼らが暴漢の凶弾から国王を守るよう仕向けた。

ちなみにヨーゼフがちらつかせてきた、ギゼラの出生の証拠となる手紙は、すでに盗み出して自分だけが知る場所に隠してある。

国王と王太子、双方の薄汚い策謀からギゼラを守るためにはこれしかなかった。ねらい通りの結果になってよかった。これでヨーゼフは失脚し、少なくともギゼラの王女という立場は守られる――エリアスは満足と誇らしさを噛みしめた。

（あなたもさぞ喜んでいるでしょう。俺が近々そちらに行くことになって……）

自嘲の笑みを浮かべながら、部屋の隅に立つ女を見やる。

正確には幻だ。肌には不吉な斑点が浮き、枯れ枝のようにやせ衰え、実年齢より二十も老けたような面差しで、物言いたげな昏い眼差しを向けてくる。

エリアスの罪悪感を苗床にして佇むその亡霊は実の母親だ。

元は侍女だったという。エリアスの父親に愛されて息子を産んだまではよかったが、そのせいで難しい立場に立たされていた。

エリアスが六歳の時、父が長く留守にした間に、彼女は肌に斑点の出る奇妙な病に冒された。他に症状はない。しかしその話が広まるや、母親は囚人を閉じ込めるための建物へ追いやられた。

エリアスもまた、なす術もなく母親と共に閉じ込められた。

全面石造りの部屋は薄暗く、小さな窓には鍵のかかった木製の鎧戸があるばかり。元々凍えるほど寒い部屋には、外からの風が吹き込んでくる。

医師が送られてくることもなく、暖炉に入れる薪ももらえず、母親は体調をくずして高熱を発し、あっという間に衰弱していった。

『医者を呼んで！　お願い！　母様が苦しんでる！』

『頼む！　頼むから熱をさます薬をくれ！』

『せめて薪を持ってきて！　お願い！　部屋が氷のように寒いんだ！』

『火を入れさせて！　母様の熱が高いんだ！　お願い……お願い！』

くり返し、くり返し……こぶしに血がにじむまで扉をたたき、泣きながら訴え続けた。

しかし応えてくれる者は誰もいなかった。時折、扉の下にある小さな穴から、一人分にも満たないわずかな食事が差し入れられるだけ。

日に日に死に近づく母親を目の前にして、心は恐怖と絶望に蝕《むしば》まれていった。エリアス自身、次第に助けを求める力も失っていった。

そんな——ある冬の夜。

その日は一日、ひどい猛吹雪だった。強い風を受け、鎧戸がずっとガタガタと音を立てていた。

高熱の母と共に粗末な毛布にくるまり、暖を取っていたエリアスの耳に、ある時ひときわ大きな音が聞こえた。

起きてみると、石の床には折れた木の枝が、破損した鎧戸と共に落ちていた。どうやら強い風に運ばれた大きな木の枝が、鎧戸にたたきつけられて壊したようだ。

毛布から出て、塞ぐもののなくなった窓の外をのぞいたエリアスは、息もできないほど強い風が、下から吹き上げてくることに気づいた。吹雪の夜とあって眼下は闇に沈んでいる。が、確か窓の下は崖になっていたはずだ。

しかし横を見れば、足場になりそうな石の装飾と、壁面の凹凸があり、子供であればつかまって移動ができそうだ。暗くて見にくいけれど、向こうのほうに通路のようなものがある。そこまで行ければ逃げられる……。

夜の帳に隠されて窓の下が見えないことが、エリアスから恐怖心を取り除いた。空腹と疲労で判断力の鈍った六歳の頭は、気をつければ行けるかもしれないと考えた。

(でも病気の母様を連れて行くのはムリだ……)

そんな思いが胸に差し込み、ふと寝台を振り返る。そしてギクリとした。

「――――……っっ」

何日もずっと寝込んでいたはずの母親が、目を覚ましてこちらを見ていたのだ。

彼女は縋るように、やせ細った手をのばしてくる。ひび割れたくちびるが何かを言っている。強風にかき消されて聞こえなかったが、ひたむきにこちらを見る目は、置いていかないで、と言っているように感じた。

息を呑んで立ち尽くしていると、母親はさらに必死の面持ちで何かを言う。

エリアスは屍人《しびと》のような母の姿から目を逸らした。

「……かならず……助けに来るから……っ」

そんな言い訳をしながら、母に背を向けて窓の外に出る。

石の装飾を踏み台にし、壁の凹凸に指をかけ、うんと慎重にそろそろと進む。そうして目指す先まで到達したところでエリアスは顔を歪ませた。通路のように見えていたものは、ただの壁面装飾だったのだ。

城壁にへばりついたまま茫然としていたところ、急に吹き付けた強風にあおられて足をすべらせる。とたん、身体が宙に放り出された。

「――――……！」

雪と強風に悲鳴が吸い込まれるのを感じながら、エリアスは下に落ちていった。

その最中、気を失ったのだろう。気がついたら深い雪の上にいた。

体重が軽かったためか、強く吹き上げる風があったためか、落下というより斜面を転がる形で落ちたためか、下が深い積雪になっていたためか……。原因ははっきりしないものの、エリアスは死ななかった。

そして目が覚めた時、目の前には恨めしげな母親が立っていた。

『一緒にいてくれると思ったのに……』

そんな声が聞こえた。その瞬間、母が死んだことを悟った。

あまりにも寒く、空腹で、疲れきっており、悲しいという感情も湧いてこなかった。エリアスはただ立ち上がり、痛む身体を引きずって歩き出した。

どれほど歩き続けたのかわからない。気がついたら見知らぬ男の引く荷車の上に寝かされていた。

その男は何日か移動を続けた後、田舎の小さな屋敷で数枚の硬貨と引き換えにエリアスを売った。

下働きの子供として買われたようだが、エリアスに読み書きができることが判明すると、屋敷の主人は教育を施してくれた。主人には子供がなく、遠い親戚に譲ってもらった少年を養子にしていたが、その少年のできが悪いのが悩みの種だったのだ。

年の差が四つあったにもかかわらず、エリアスは養子の少年よりも勉強の進みが速かった。そのせいで少年から陰でひどい暴力を振るわれ続け、命の危険を感じたため、事故に見せかけて死に追いやった。

主人はおそらく気づいていただろう。しかし咎めることなくエリアスを新しい養子にした。

母を見捨てて逃げたあの日からエリアスの心は凍りつき、誰に対しても、何に対しても、ピクリとも動かなくなっていた。

わずかに揺らいだのは三回。

勉強を進めるうち、飲めば病気のような斑点が浮き出る毒があると知った時。

父親の正妻が母を強く憎んでいたと知った時。

そして——十三年後、大人になったエリアスが復讐の誓いを胸に、元凶である正妻のもとへ舞い戻ったところ、病み衰えて死にかけた彼女の姿を目の当たりにした時。

夜中に密かに寝所に忍び込み、助けを呼べない形で拘束し、絶望の中で殺そうと思っていた。しかしいざ実行に移したところ、当の相手はエリアスの来訪にも気づかぬほどの深いこん睡状態にあった。

自分が手を下さずとも早々に死ぬのが目に見えていた。そもそも夢とうつつの区別もつかない相手を殺したところで、煮えたぎる恨みが治まるはずもない。

復讐を果たすことも、恨みを忘れることも、どちらもできずに立ち竦むエリアスに、母親の幻影はどこまでもついてきた。

夢の中はもちろん、仕事をしていても、休暇でくつろいでいても、人と酒を飲んでいる時でさえも、肌に斑点を浮かべてやせ細った青白い姿で、ひっそりとエリアスの傍に立つ。

『なぜそんな目で俺を見る!?　あなたは俺を守れなかったじゃないか！　俺も、あなたを……！』

時折爆発して自分をなじる息子を、母は陰鬱な目で見つめ続けた。一人で逃げおおせておきながら、あの女に無念を思い知らせることなく、何もかも忘れて生きるなど許さないとでも言いたげに。

目を背けても視界に入る亡霊に倦《う》み、生きる目的も見出せず、鬱々とした日々を送っていた。

王女の近衛隊長に選ばれ、人知れず虐げられていた少女に出会ったのは、そんな時のことだった。

⚜

獄中にいるエリアスのもとを訪ねた翌日、ギゼラのもとに思いがけない客人の来訪があった。

「この度は愚息がご迷惑をおかけしましてお詫びの言葉もございません、王女殿下」

そう言って深々と頭を下げたのは、王都郊外に暮らすという退役軍人である。六十前後か。身なりはきちんと整っていたものの、貴族を名乗るには質素な佇まいだ。

「クレティアン卿、よく訪ねてくださいました。エリアスには言葉にしきれないほど世話になりました」

ギゼラの言葉に初老の男は再び頭を下げた。

クレティアン卿はエリアスの養父である。エリアスからひと通り話は聞いていた。

初めはエリアスを下働きとして雇ったものの、利口な子供だったことから、跡取り候補として学ぶ機会を与えてくれたという。

養子縁組はあくまで家を守るためのもので、厳格な養父との関係はさほど深くないと話していた。

とはいえ跡取り息子の醜聞に黙ってはいられなかったようだ。クレティアン卿はエリアスの身に起きたことについて、詳しい説明を求めてきた。

ギゼラは公式の見解と、自分の推測とを併せて話した。

王太子と国王の対立の板挟みになったエリアスは、主君であるギゼラを守るためにあえて自分の身を犠牲にしたと思われること。それでも国王に害の及ばないよう計画を進めたと思われること。

「エリアスに罪があったとは思えません。彼は己の忠義のため、精いっぱい力を尽くしました」

ギゼラの話を聞いたクレティアン卿は重くうなずいた。

「私も宮廷人の端くれ。せがれの身に何が起きたのか、おおよその想像はつきます。後ろ盾のない弱小貴族に降りかかりがちな災難です」

「それでも、わたしはエリアスを助ける方法があるなら何でもするつもりです」

ギゼラは熱を込めて訴えた。しかし老貴族は、すっかりあきらめてしまった様子である。その後もひと言ふた言、言葉を交わすも会話は続かず、早くも帰り支度を始めそうなそぶりを見せる。

「あの、……っ」

ギゼラは思いきって切り出した。本当はもっと打ち解けてからにするつもりだったが、しかたがない。

「エリアスは王宮に『復讐をしに来た』と言っていました。どういう意味なのかわかりますか？」

「復讐……」

「でも果たせなかった、と」

「…………」

老貴族は心当たりのありそうな様子で、一瞬言葉を詰まらせた。しかしギゼラの視線に気づくと、ごまかすように口髭をしごく。

「いいえ、私には何のことだか……」

彼は何かを知っている。ギゼラはそう直感した。

「事情はわかりませんが、エリアスはそれを悔いて、自分の命について投げやりになっているような気がするんです。もし知っていることがあれば教えてください。どんな小さなことでもかまいません」

「そうはいっても……」

「お願いします、クレティアン卿。もしあなたが話したことが知れると困るというのでしたら、決して口外しませんから」

「はて……」

くり返し訊ねるも、老貴族はシラを切り続ける。しかしそれが最後のよすがとなるギゼラも負けるわけにはいかなかった。

「は、話してくださるまで、ここから帰しませんよ。わたしには、そうするだけの力があります……っ」

精いっぱいの厳しい顔で言う。

権力をかさに着て人にすごむなど、ギゼラにとっては緊張して胃が痛くなることでしかない。しかし他に方法がないのなら、やるしかなかった。

主君の意を察した近衛の面々も、瞬時に協力してくれる。

「おっしゃる通りです、王女殿下。ご命令があるまで決して外に出しません」

「いくらでもお茶のお代わりをお持ちします。何なら軽食も」

「今日は夜勤になるかもしれないな～。ギゼラ様は隊長のこととなると頑固だから」

「キキッ」

テーブルの上で胡桃を抱えたリスまでもが勇ましく鳴く。

ギゼラがどれだけ真剣なのか伝わったのだろうか。老貴族はまだしばらく迷う様子だったが、やがて重い口を開いた。

「実は……エリアスは、下働きにと買った子供でした」

「え？」

ギゼラは眼をしばたたかせる。

エリアスからは、両親を流行病で失ったため、近隣の村からクレティアン家に奉公に出ることになったと聞いたのだが。

老貴族はもそもそと続けた。

「王都と辺境を行き来する知り合いの商人がおりまして、様々な商品を運んでいるのですが、ひそかに人も扱っているのです。田舎には口減らしのため子供を売る親が多いので……」

「…………」

人身売買は法律で禁止されている。しかし実のところ取り締まりが行き届いていないのが現状だ。彼はそう付け足した。

「買ってすぐに召使いが私に言いました。まだ子供なのに、読み書きも計算も、大人に負けないくらいよくできると。それで確かめてみたところ、ある程度の教育を受けていることがわかりました。おまけに子供にしては行儀作法もしっかりしていた」

今までどこで暮らしていたのか訊ねても、「よく覚えていない。気がついたら雪の上にいた」と言うだけで、素性がはっきりしない。とはいえきちんとした家の子にちがいないと感じたクレティアン卿は、もしかしたら誘拐されたのかもしれないと懸念した。そこで次に当の商人が来た時に、子供をどこで手に入れたのかを問い詰めた。

すると「雪深い街道で倒れているのを見かけたので拾った」という答えが返ってきた。着ているもの以外は何も持っていなかったため、商人は家出だと考えていたようだ。しかし――

「私はエリアスが時折、王宮でしか使われない言葉を話すことが気になっておりました。また王宮に飾られているいくつかの絵画について、ごく自然に話したこともあります。大人であれば気にしませんが、五、六歳の子供です。ご存じの通り貴族は王宮に子供を連れて行きません。遊び相手として指名されるなどの特別な場合を除き、王宮にいる子供は王族でしかありえない」

そこで再び商人に確認したところ、彼がエリアスを拾ったのは、王宮からそう遠くない場所だったと判明した。大人なら半日。子供の足でも二日もあれば歩けるはず。そして後になって、エリアスが発見されたのと同じ頃、王の愛妾《あいしょう》と王子が相次いで死亡したと耳にした。

「私は恐ろしい可能性に思い至りました。しかしそんなはずがないと自分に言い聞かせました。もちろん今まで誰にも、この考えを話したことはありません」

「――……」

老貴族の証言の内容は、ギゼラの予想をはるかに超えていた。

彼は、エリアスが亡くなったとされるアルベール王子かもしれないと言っているのだ。

「ですが――もし私のこの非現実的な想像が正しいと仮定した場合、エリアスの言う復讐とは、母親を死なせたと噂されるアンヌ妃に対してのもので、果たせなかったというのは、彼が手を下す前にアンヌ妃が亡くなってしまったということなのではないかと拝察します……」

老貴族は難しい顔でそう締めくくる。

ギゼラは動揺を押し殺し、努めて冷静に返した。

「クレティアン卿。あなたがエリアスの素性をそう推測する根拠は他にありますか？　何か証拠のようなものは……」

「いいえ、何もございません」

「では、エリアスに訊いたことは？」

「親について訊ねたことならありますが、記憶にないの一点張りで……」

「陛下に話そうとは思わなかったのですか？」

「申し上げた通り、何の証拠もございません。誰に話しても戯言と一蹴されて終わりでしょう。また王太子殿下を支持する貴族たちににらまれては事ですので……」

老貴族の懸念はもっともだ。仮にアルベール王子が生きていた場合、一番困るのは王太子であるヨーゼフだろう。何としてもその疑念を潰しにかかってくるに違いない。

その時、ギゼラはハッと気がついた。

アルベール王子が生きているという報を、国王が父親としての感情でどう受け止めるかはわからない。

しかし政治的な意味では歓迎するのではないか。

現状は甥のフロリアンに未来を託すしかないが、彼は誰が見てもいまいち頼りない。その点、エリアスならぴったりだ。ヨーゼフと渡り合うだけの実力も胆力もある。加えて国王の実子となれば、きっと貴族の支持を集めるはずだ。

(もしこの話が本当で、エリアスがアルベール王子なら、陛下の立場を強めることになる――)

一縷《いちる》の希望が見えてきた。

ギゼラはクレティアン卿に礼を言い、決して彼から聞いたとは言わないと約束して送り出した。それから近衛の三人に、今の話の証拠や証人を探すよう頼む。

だが一週間後、厳しい現実を突きつけられた。

「ダメですね」

アルベール王子が亡くなったとされるのは十八年前。難しいと予想はしていたものの、やはりまったく成果がなかった。

「調べたところアルベール王子と母親は、奇病を発症したと言われた後、アンヌ妃の命令で北翼に隔離されたそうです。当時の衛兵で北翼を担当していた者や、北翼で働いていた召使いなんかを探したんですが、まぁ見事に全員死んでましてね……」

「ちなみにクレティアン卿の言う商人も去年、旅の途中の事故で死亡したらしいッス」

「アルベール王子の乳母だったという女性は見つけました。しかし二人が隔離されてからのことはわからないそうです」

隔離がアンヌによる壮絶ないやがらせであるのは明らかだった。しかし当時、彼女の後ろ盾であるリンデンボロー公爵家は、国王をもしのぐほどの権勢を誇っていたため、王妃の蛮行を諫めることのできる者はいなかった。宮廷は二人が瞬く間に病死したという報を、諾々と受け止めるだけだったという。

「そう……」

聞けば聞くほど非道な話だ。ギゼラは重い気分で腕を組む。

そして熟考の末にひねり出した案を口にした。

「……お墓を開けて確かめるっていうのは？」

この国の葬儀は原則として土葬であり、王族は専用の霊廟《れいびょう》に埋葬される。もし王子が逃げて生きのびたのだとすれば、棺の中は空のはず。

しかしヴェインは首を振った。

「いい考えですが、墓を開けて王子がちゃんと埋葬されているかどうか確かめるというのは、裏返せばアンヌ妃が王子の死を捏造したと疑うって話になります。確かな根拠がなきゃ難しいですね」

「じゃあアンヌ妃の近くにいた人に当たることはできないかしら？　近衛とか……」

「俺も考えましたが、調べたところ、そういった者は全員王太子派に与しているんです。仮に何か知っていたとしても口を割らないでしょう」

「そうね……」

いちいちもっともな話に、ギゼラはため息をつく。

ミエルがそっと切り出した。

「エリアス隊長本人は、この件について何と？」

「訊きたいけれど、今は会えないの。先日わたしがエリアスを訪ねたことが陛下のお耳に入って、今後は誰も北翼の中に入れないようにとお達しが出てしまったらしくて……」

フリッツが人差し指を立てる。

「じゃあ手紙を送るとか」

「もう送ったわ」

「それで？」

「妄言に惑わされるな、と……」

理由はわからないが、エリアス自身は自分の真実を訴えるつもりがないようだ。

そう知って、全員で重いため息をつく。

襲撃事件から二週間。白状すべきことをすべて白状したエリアスは、いつ処刑されてもおかしくない状況だ。

王太子派貴族たちが『国王がエリアス・クレティアンを使って王太子を陥れた。その証拠にエリアスの処刑は今も遂行されていない』と主張していることもあり、この数日以内に執行されるのではないかと見られている。

気ばかり焦るも、いい案を思いつかない。

三人は「もう少し調べてみます」と言い置いて出ていった。

その間、ギゼラは部屋でじっとしている。それが近衛たちとの約束なのだ。

ナッツに餌をやりながら、ついつい考えずにいられなかった。

もし本当にエリアスがアルベール王子なら、彼もアンヌにいじめられていたということだ。

『よくぞ生きのびてくださいました……っ』

五年前、初めて会った頃、彼はそう言ってギゼラを抱きしめた。あの時、どんな思いだったのだろう？

自分こそ必死の思いで生きのびて、舞い戻った場所で、再び虐げられている少女を目にして。

だから全力で守ってくれたのだろうか。どんな時も離れず、一番の味方になり、危機から救うために命まで懸けてくれたのか。

お腹がふくれたのだろう。ナッツがギゼラの肩を伝い、頭の上まで駆け上る。最初に光景を目にした時、彼は言っていた。

『私もギゼラ様の神々しいまでのお可愛いらしさに胸を打たれて動けません……』

「バカみたい……」

やはりだめだ。宝石のような記憶だけでは生きていけない。彼にはこれからもギゼラの人生を照らしてほしい。いいや、そうするべきだ。

その日、出払っていた三人は夜遅くになって戻ってきた。だがめぼしい成果はなかったと、そろって肩を落とす。

三人を労いつつも、ギゼラは覚悟を決めた。

「エリアスを訪ねるわ」

「ですが……」

現在、王命によって北翼の囚人への訪問は禁じられている。それでもギゼラは、近衛の三人に向けて深々と頭を下げた。

「お願い。何とかして彼に会いたいの。協力してください。お願いします――」

王命に背くにあたって協力してほしいなど、いくら王女であっても許されない要求だ。そうとわかっていても、ギゼラは三人の力を求めずにいられなかった。

どうしてもエリアスに会わなければならない。会って直接訴えたいことがある。

もし彼らに断られても自分一人で行こう。そんな悲壮な思いが伝わったのか、あるいは彼らもエリアスのためにできることは何でもしたいと思ってくれていたのか。

「頭を上げてください。こんな場面を見られたら隊長に叱られます」

ヴェインの言葉に、他の二人もうなずく。

「こうなったらとことんつき合います」

「忍び込むのって北翼でしょ？　楽勝ッス！」

楽天的なフリッツの言葉に、ギゼラは久しぶりにホッと息をついた。

⚜

決行は翌日の夜にした。いつ処刑の命令が下るかわからないのだ。一日でも早いほうがいい。

フリッツの言う通り、北翼に忍び込むのはさほど難しいことではなかった。

何しろギゼラたちは長年ここで暮らしていた。人目につかぬよう出入りする方法も、移動の最短順路も、いざという時の合鍵が隠されている場所も、きっちり把握している。衛兵よりもずっとこの建物にくわしいくらいだ。

衛兵の行動については、ヴェインが探り出してきてくれた。巡回時間を避け、ギゼラは何とか見とがめられずにエリアスの閉じ込められている部屋までたどり着く。

控えめにノックをした後、ギゼラは合鍵でドアを開けた。そのまま中に忍び込むと、寝台の上に横になっていたエリアスが驚いたように跳ね起きた。

「ギゼラ様……！」

ギゼラは「しー」とくちびるに指を当てる。彼は苛立たしげに声を潜めた。

「いったい何をなさっているんですか!? 面会は王命で禁じられたはず……！」

「あなたに直接訊きたかったの。エリアス。あなたはアルベール王子なの？」

「その話なら……」

寝台に腰を下ろしたまま、頼りなく目線を泳がせる相手を、まっすぐ見下ろす。

「嘘はつかないで。命令よ」

「――……」

エリアスは苦しげに眉根を寄せて見つめ返してきた。彼は決してギゼラの命令に逆らわない。たとえどのような状況であっても。それだけは自信がある。

だまって待っていると、ややあって淡々とした答えが返ってきた。

「妄言に惑わされないようにと、お返事したはずです」

「質問に答えて」

「お答えできません」

「……どうして本当のことを話さないの？」

しぶとく食い下がったところ、彼は投げやりに言う。

「証拠がありません。私の記憶など、当時王宮で働いていた人間から聞き出すことのできるものばかり。到底本物である証明にはなりません」

「でも――」

「ギゼラ様」

エリアスは焦りをにじませて首を振った。

「どうかおやめください。王太子陣営は現在、立て直しを図ろうと必死のはず。そんな中でギゼラ様が、死んだはずの王子が生きているなどと騒ぎを起こせば、付け入る隙を敵に与えるようなものです」

「わたしのことはいいから！」

「よくありません。私にとって何よりも重要なことです。そう、この命よりも——」

「わたしを、あなたが生きるのをあきらめる口実にしないで！」

押し殺した声をぶつけた瞬間、彼はハッと息を呑んだ。

めずらしく動揺を露わにするエリアスに、ギゼラは一歩ずつ近づいていく。

「わたしのため、わたしのため、わたしのため！　……あなたはそう言いながら、わたしが望まないことばかりする。独りよがりで、自分勝手だわ。わたしの気持ちはどうでもいいの？」

「ギゼラ様の気持ち……」

「そう」

じっと見つめたまま目の前に立ち、ギゼラは彼の精悍な頬に手でふれた。

「わたしはあなたを決してあきらめない。わたしたちはこれからも二人で生きるの。お願い。あなたもそう望んで……」

振り絞るような思いでささやき、振り仰ぐエリアスにくちびるを重ねる。祈る気持ちが自然にそういう形になったのだ。

彼は微動だにしなかった。ただひたむきにギゼラを見つめてくる。

その眼差しに想いを煽られ、ギゼラも熱を込めて見つめ返す。

視線を重ねたまま、どのくらい時間がたったのか。ふいにドアが小さくノックされた。

『ギゼラ様。見まわりが来ました……！』

押し殺したヴェインの声に我に返る。ギゼラはくちびるを噛んだ。せっかく苦労してここまで来たのに。あと少しなのに！

だがここで見つかれば、監視が余計に厳しくなるか、あるいはエリアスがどこかへ移されてしまうかもしれない。

焦れる気持ちをなだめ、かがめていた背をのばす。

「……行かないと」

後ろ髪を引かれる思いでつぶやいた瞬間、エリアスが勢いよく立ち上がり、両手でギゼラの顔をはさんで噛みつくようなキスをしてきた。

深々とねじ込まれてきた舌に捕らわれて舐られる。身体の奥までかき乱す甘い懊悩に短くうめく。しかし――思わずのばした両手が逞しい身体にしがみつく前に、彼は強い力でギゼラの両肩を押しやって身を離した。長身をかがめて顔をのぞきこんでくる。

「ギゼラ様、二度とここへ来てはなりません。ですが――」

⚜

この先自分の身に起きることについて覚悟はできていた。たった二回とはいえ、ギゼラを愛することもできたのだ。悔いはない。

命を捧げた後も何とかこの世にとどまり、守護霊となってギゼラを守ろう。彼女とはちがう形で――。

大切な主君が去って静寂の戻った部屋の中、濃い影の凝る隅に目をやれば、相も変わらず母の亡霊が立っていた。苛立ちを誘う青白い姿で、じっとりとした目でこちらを見つめている。

初めてギゼラに会った時、母と同じだと思った。エリアスが助け、守らなければならない存在だと。それほどに無力で頼りない存在だった。

(いったいいつの間に、あれほど成長されていたのか……)

腕の中に囲い、風にも当てぬよう大事に大事に育てた清らかな少女は、今では立派な大人の女性になっていた。行動力と思いやりを併せ持つ、芯の強い王女に。

『わたしのため、わたしのため、わたしのため。……あなたはそう言いながら、わたしが望まないことばかりする。独りよがりで、自分勝手だわ。わたしの気持ちはどうでもいいの？』

『わたしたちはこれからも二人で生きるの。お願い。あなたもそう望んで』

思いがけない一撃をくらい、打ちのめされた。静かながら激しい想いが伝わってくる。歓喜をもたらす一撃だ。

エリアスは自分のくちびるにふれる。

「……愛しています、ギゼラ様」

誰もいなくなった部屋でもう一度つぶやいた。胸の中に温かな想いが灯る。

『エリアス――』

愛おしい声が脳裏によみがえる。鳥の羽でふれるようなキスを思い返す。目を閉じれば淡雪のような微笑みが見える。

彼女が求めてくれている。

エリアスを失うまいとあがき、勝手な自己陶酔を責めてくる。

死ぬなと言われたばかりであるにもかかわらず、死ぬなら今がいいと思えてならなかった。なぜなら――

「ごめんなさい……」

部屋の隅に立つ亡霊に向けてつぶやく。申し訳なくてたまらない。

自分は今、とても幸せだ。気が遠くなるほど幸せだった。母を見殺しにして生きのびておきながら。

「ごめんなさい、母様……っ」

膝から床にくずれ落ちたエリアスは、亡霊に向けて深く頭を下げた。

ギゼラを守って死に、自分を待つ母のもとに逝けるのなら、これ以上望ましいことはないと思っていた。強くそう信じていた。

しかしたった今、別の望みが生まれてしまった。

「生きたい……」

石の床の上でこぶしを握りしめる。

「あの方に必要とされて、この先も生きていきたいんです……！」

母を見捨てて逃げたあの日から、世界は色を失った。

自責の念に囚われ、なぜ生きているのか、このまま生きていてもいいのか、自問し続ける日々だった。

かくなる上は自分と母をこんな目に遭わせた王妃に復讐しようと、憎しみに心を燃やして王宮へ戻ってきたものの、王妃はすでに死にかけていた。

ギゼラに出会ったのはそんな時。

母と同じ境遇にある少女の近衛になったことは、不完全燃焼の復讐に惑っていたエリアスにとって、一筋の光明となった。

王妃が疎んだこの王女を幸せにすれば――悪意から守り抜いて、夢のような一生を送らせれば、立派な復讐になると考えた。

自責の念が消えることはなかったものの、自分が生きのびたのはこのためだったとすら感じた。

母を見捨てた過去の選択を受け入れられるようになった。そして無力な少女のために生きるうち、世界は少しずつ色を取り戻していった。

愛しいという気持ち。

心を闇に染める激しい嫉妬。

陰で邪魔者を排除しながら、表面上は清廉に振る舞う卑劣さ。

分不相応な想いを抱きながら、恥知らずにも居直る図太さ。

愛しているにもかかわらず思い通りにならない相手への、理不尽な苛立ち。

決して結ばれない苦しみを、自分を犠牲にして彼女を救う行為に転化して酔う自己満足。

ギゼラと共にいることで生まれた様々な色が、エリアスの世界を鮮やかに染め上げていった。

(並べてみれば、ろくでもない感情ばかりだ……)

幼稚で醜い本性に自嘲を禁じ得ない。

そして気がつけば、まぶしいほどに明るく、鮮やかな色にあふれた世界が目の前に広がっていた。

ギゼラがそこにいるからだ。

床に座り込んだエリアスは、寝台にもたれかかって目を閉じる。……と、しばらくして、ふいに母の声が聞こえてきた。

『……私の坊や』

目を開けると、そこには生前の、美しかった頃の母の姿がある。エリアスは呆けたようにそれを見上げた。

（……まさか……）

これまではずっと、病を得た姿で、だまって立っているだけだったというのに。今は目を細めて微笑んでいる。

「……見ていましたよ、ずっと。あなたの姿が見えない日はなかった」

『ようやく私を見てくれた』

なぜ逃げたのかと、暗闇から向けられる陰鬱な眼差しにいつも苛まれていた。

しかし母はゆるゆると首を振る。

『アレは私ではないわ。あなたが作り出していたモノ。……私はずっとここにいたのに。気づいてもらえなくて、さみしかったわ』

ここ、のところで彼女はエリアスの胸を指した。

「……作り出した？　私が？」

透ける手指を見下ろして困惑する息子に、彼女は哀しげな微笑みを浮かべる。

『本物の私は、ずっとあなたに言いたかったのよ。――あの時、あなただけでも逃げてくれてよかった』

「嘘だ！」

『嘘じゃない。そうしてほしいって思っていた。でも言い出せなかった。……少しでも長くあなたと一緒にいたかったから』

暗く、凍えそうだった冬の獄を思い出す。あの中で共に果てていればと、考えなかった夜はない。

「僕も……一緒にいたかった。本当はずっと――死ぬまで傍にいてあげたかった」

母はわかっている、という目でうなずいた。

『長いこと苦しんだわね。でももういい』

「許してくれるの……？」

見上げる先で、彼女の姿が淡く光る。闇に溶けるように、輪郭が少しずつ薄れていく。

『初めから怒ってないわ。ずっと願っていたのよ。どうか私の分まで幸せに――』

消えゆく中で彼女は最後に首をのばし、エリアスの額にキスをした。

『生きて』

ハッと目を覚ます。

エリアスは床に座り、寝台にもたれた姿勢で、しばし状況を把握するまでに時間がかかった。

ガラス窓からは薄い光が差し込んでいた。早朝のようだ。いつの間にか寝てしまったのだろう。変な姿勢だったためか、身体が痛い。

ゆっくり起き上がって窓の外を見ると、見事な朝焼けが目に入った。それに見入っていると、ふいにギゼラに会いたくなった。会って、足下に跪いて許しを乞いたい。

自分のせいで思い悩ませたこと。ずいぶん手を煩わせたこと。危険な真似までさせたこと。

許しを乞い、そしてこれからも彼女の傍にいたいと伝えたい。そのために知恵と力を尽くすと誓えば、彼女を喜ばせることができるはずだ。憂いを払い、少しでも明るい気持ちをもたらしたい。

(行こう――)

なんとか身の潔白を証明し、彼女のもとへ戻ろう。

心を決めた、その時。廊下からドカドカという粗暴な足音が近づいてくる。複数の男の足音だ。

ドアを開けて入ってきたのは体格のいい兵士たちだった。彼らのいでたちや表情を目にした瞬間、目的を正確に察した。案の定、筒状の書状を開いた男が感情のこもらない声を発する。

「エリアス・クレティアン。国王陛下のご命令により本日死刑を執行する！」

屈強な兵士たちが素早く近づき、エリアスに目隠しをしてきた。エリアスは首を振って抗う。

「よせ！　国王陛下に伝えてくれ。私はアルベール王子だ。死刑執行の延期を求める！」

しかし兵士たちはせせら笑うだけだった。

「つくならもっとマシな嘘をつけ」

「嘘じゃない。本当は何もかも覚えている。子供の頃は馬が怖かった。無理やり乗せられて泣いたこともある。だから馬車に乗る時は、俺の視界に馬が入らないよう陛下の近衛が知恵を絞っていた。部屋や廊下に飾られた陶器の壺を割るのが好きだった。禁止されてもやめなくて、一度陛下にひどく怒られた。屋内よりも外が好きで、庭園の噴水で遊ぶことが多かった。全部話してみせるから陛下に伝えてくれ！」

死を前にして悪あがきする囚人には慣れているのか、騒ぐエリアスを兵士たちはまったく顧みなかった。

はがいじめにして押さえつけ、目隠しをし、二人の兵士が両脇を取って引きずるようにして部屋から連れ出す。

そのどれにも全力で抗いながら、エリアスは声を張り上げ続けた。

「放せ！　ひと目！　最後にひと目、陛下に会わせてくれ！」

近衛たちの援護により、ギゼラは何とか見つからずに北翼を抜け出すことに成功した。王宮の本城に戻るや、その足でさらにもうひとつ、訪ねたい場所があると近衛に告げた。

「どこへ？」

「パウラ妃のお部屋よ」

「こんな時間に？」

「えぇ」

そもそも日が暮れてから北翼に忍び込んだのだ。今は夜更けもいいところ。普通の人は寝静まっている頃合いである。だが――

「国王陛下は、今夜も娯楽室で一晩中賭け事をされるのでしょう？」

最近新しく赴任してきた異国の大使が、札遊びが非常に得意で、賭け事を盛り上げる才にも秀でているとかで、宮廷でもてはやされているらしい。国王も毎晩のように明け方近くまで賭け事に興じていると、もっぱらの噂だった。

初めのうちこそパウラも参加していたものの、ほどなく飽きてしまったそうで、このところ別行動が多いと聞く。

「だから、もしかしたら……」

ギゼラはある予測を胸にパウラの部屋に向かった。

部屋の前では不寝番の侍女が二人、椅子に腰を下ろしている。やや眠たそうな様子だったが、ギゼラの姿を目にすると、二人ともあわてて立ち上がった。

「ギゼラ様……!?」

「パウラ妃にお目通りを願います」

ギゼラが言うと、侍女たちはあきれた面持ちで返してくる。

「いたしかねます。このような時間に非常識では？」

「明日またお越しください」

と、ギゼラの横からヴェインが口をはさんだ。

「中にフロリアン王子がいるんだろ？　婚約者が訪ねてきたのさ。不思議なことはあるまい」

ヴェインは、ギゼラの考えを察してかまをかけたに過ぎない。

しかしその瞬間、二人ははっきりと青ざめた。ギゼラは確信を得る。

片手を上げ、動揺する侍女たちをなだめるように続けた。

「事を荒立てるつもりはありません。フロリアン様に密かに注意をしたいだけ。開けてください」

「逆に開けないと大ごとになるぞ」

ヴェインの脅しがきいたのか。侍女たちは迷った末に扉を開けて中に入り、主人へ報告しに向かう。ギゼラは彼女たちの背について、そのまま中へ入ってしまった。

現場を押さえる必要があるためだ。

「あ、ちょっと、お待ちください……っ」

侍女の制止を振り切って奥の寝室へ踏み込んでいくと、そこではパウラが眠そうな様子で寝台から身を起こしていた。隣にはフロリアンが寝ている。

「何なの？」

不機嫌そうな問いに、ギゼラは静かに応じた。

「突然の無礼、お許しください。パウラ妃にお話があってまいりました」

「私に？　こんな時間に？」

長い髪をかき上げ、彼女は鬱陶しそうに言う。

「明日ではダメなの？」

「急を要する話です」

あくまで引かないギゼラの姿勢に、パウラは吐息をついた。

億劫そうにガウンを羽織り、寝台から出ると隣の部屋へ向かう。すると白い猫が寄ってきて、パウラの足下にまとわりついた。先日、幼い王女が遊んでいた猫だ。

彼女はそれを抱き上げる。

「話って何？」

「パウラ様は、王宮にやってきたばかりの頃、アンヌ妃の侍女だったとか」

そう切り出すと、ヴェインたちが「あ！」と声を上げた。ギゼラも先ほどエリアスに言われて思い出したのだ。

自分を囲むギゼラたちの様子に、パウラは怪訝《けげん》そうに眉を寄せる。

「……そうよ。それが？」

「十八年前の出来事についてうかがいたいのです。陛下の寵愛を受けていたという方が奇病で亡くなった時のことを」

「今さら？　何なの？」

「アルベール王子も一緒に病死したと言われていますが、本当でしょうか？　アンヌ妃の近くにいたパウラ様なら、何かご存じなのではないかと思って」

「あぁ……そのこと」

「もし王子が亡くなっていないなら、国王陛下を喜ばせることができます」

ギゼラの意見にパウラは失笑した。

「バカなことを。もし仮に亡くなっていないにしても、王子ご本人がいらっしゃらないなら無意味だわ」

「王子はいます。陛下の近くに。真実を話したところで信じてもらえないだろうと、口をつぐんでいるのです」

「……誰？　いったい誰のこと？」

「王子は亡くなっていないのですね？」

「――……」

ギゼラの追及に彼女は黙り込んだ。頭の中で計算を巡らせているのだろう。

今は国王派が優勢とはいえ、王太子派を追い詰める一手に欠けている状況だ。国王弑逆容疑という罪状がありながら、リンデンボロー公爵家による激しい抵抗を受け、国王はいまだにヨーゼフを処罰できずにいる。かろうじて謹慎を続けさせているものの、かなり苛立っているという。

この状況でもし死んだとされている王子が生きていて、アンヌの過去の罪状を証言したとなれば、大きな一手になる……。

そんな読みで辛抱強く待っていると、やがてパウラは慎重に口を開いた。

「十八年前、アンヌ様の近衛が、アルベール王子は脱走しようとして崖から落ちたようだと報告しているのを聞いたわ。捜索しているけれど、まだ見つかっていないって。アンヌ様は、あの崖から落ちたなら生きているはずがないとおっしゃっていたわね」

「…………！」

新しく出てきた証言に息を呑む。クレティアン卿から聞いた話とも一致する。

蜘蛛の糸のような希望を逃すまいと、ギゼラはパウラに詰め寄り、手を取って訴えた。

「お願いします！　それを今すぐ国王陛下にお話ししてください」

「今すぐ!?　冗談でしょう？」

「エリアスです。わたしの近衛隊長のエリアス・クレティアンこそアルベール王子なのです。本人に訊けばわかります」

「なんですって？」

「ですが彼はいつ処刑の命令を受けてもおかしくない身。そのため一刻も早く陛下にお伝えしたいのです」

「…………」

手を取られたまま、彼女は疑わしげに顔を歪める。

「……荒唐無稽な嘘をついて、彼の寿命が一日のびたところで、嘘とわかれば殺されてしまうのよ？　ギゼラ様もただではすまないわ」

「覚悟の上です」

真摯に応じるギゼラに対し、彼女は迷惑そうな態度でなおも迷う様子だった。と、ダメ押しとばかりにヴェインが言う。

「あのぅ、我々があなたの寝台に陛下でない男がいるのを目にしている件をお忘れなく」

（お、脅し!?）

後ろめたい気分にドキドキしたものの、ギゼラは便乗して大きくうなずいた。それが功を奏したのか。

「……いいでしょう」

ついにパウラは白旗を揚げた。

そもそも仮にエリアスが本物のアルベールであったなら、アンヌの罪が明らかになり、王太子派の痛手となる。もし訴えが真実でなかったとしても、ギゼラの足を引っ張ることになる。

どちらに転んでもパウラにとって損にはならない。

彼女は素早く身支度を調えると、侍女にフロリアンを起こして部屋に帰すよう言いつけ、ギゼラと共に娯楽室へと赴いた。

近衛を入口で待たせ、ギゼラだけを連れて控えの間に入った後、一人で娯楽室へ入っていくと、しばらくして国王を伴って出てくる。

「いや、ちょうどよかった。今夜は調子が良くなくてな——」

パウラへにこやかに話しかけていた国王は、続き間にいるギゼラを目にして怪訝そうな顔をした。

「……なぜおまえがここにいる？」

すかさずパウラが取りなした。

「愛する陛下。ギゼラ様が私のもとへ大変な報せをお寄せくださったので、一刻も早くお伝えしたかったのです」

彼女は、エリアスがアルベール王子である可能性があること、そして自分がアンヌのもとで耳にした近衛の報告について、国王に簡単に説明する。

「エリアス・クレティアンが……？」

国王は眉間に皺を寄せてつぶやいた。

「アンヌの近衛がそんな報告をしていたとは初耳だ。なぜ今まで黙っていた？」

「私もアンヌ様と同じ意見でした。王子は崖から落ちて亡くなったものとばかり……」

「アルベールが病死でないことは知っていたのだな？」

国王の語調が強くなる。パウラはしおらしくうなだれた。

「お許しください、陛下。当時は私もまだ王宮に来たばかりでしたので、公の発表が正しいのか、アンヌ様のお言葉が正しいのか、深く知ろうとはしませんでした。恐ろしくて……」

国王は大きくため息をつく。

「アルベールの母親は、余が初めて心から愛した女だ。戦から帰ってきて、彼女がアルベール共々死んだと聞かされ、余がどれほど打ちのめされ、悲嘆にくれたか……」

「お察しします」

「だからこそ、片をつけた気持ちを徒《いたずら》に掘り起こされるのは我慢がならぬ。ギゼラよ。おまえがエリアスをアルベールだと言う根拠は何だ」

厳しい問いにギゼラは正直に答えた。

「本人に確認しました」

しかし国王は「バカバカしい！」と一蹴する。

「我こそアルベールだと言い張る与太者が、これまでに何人現れたと思う？　両手の指でも足りぬほどだ」

「エリアスは北翼の窓から崖下へ落ちた後、しばらく自力で歩いた末に倒れ、通りがかった商人に拾われて、クレティアン卿に預けられたそうです」

「なぜそこで真実を明かさなかった？」

「アンヌ妃から追手を差し向けられるのを恐れたのと、一人だけ生きのびた罪悪感ゆえだと話しておりました」

「では王宮へ舞い戻ったのはなぜだ？　おまけに何年も正体を隠し続けていたなど！」

「最初はアンヌ妃への復讐のためだったと申しておりました。そのため気づかれぬよう別人として王宮へ上がったのです。しかし王妃様はすでに重い病で床にあり、復讐は果たせなかった、と……」

「信じられん……！」

　頑なにそう言い張り、国王は手近にあった椅子に腰を下ろした。

　ギゼラは懸命に頭を働かせ、エリアスから言われたことを思い出す。

「……陛下を襲撃する際、パウラ妃の部屋へ行くために使った秘密の通路については、子供の頃に陛下から直接教えられたと話しておりました」

　そこで初めて国王の目線が揺れた。

「あれは……あれは確かに、余しか知らない通路のはずだ。エリアスはヨーゼフから教わったと言っていたが、余は教えていない。ヨーゼフも知らなかったと言っている……」

「では――」

　必死のギゼラに、彼はなおも首を振る。

「だがそれだけでは証拠にならん。城の者が、何かの拍子に知って洩らした可能性もある」

「――……」

　その場に奇妙な沈黙が降りた。手詰まり感に焦った時、パウラが何げなく口を開く。

「アルベール殿下の棺を開けてみては？」

「だが……公爵家が許すまい」

　以前ヴェインが言った通り、棺を開けるのはすなわちアンヌが王子を謀殺したと疑うことに他ならない。王太子派の貴族たちの反発は必至だ。

「それを押して棺を暴き、もし空振りに終われば、こたびのヨーゼフへの処分にも波及しよう――」

「いやですわ、陛下」

パウラは手を振って軽やかに言ってのけた。

「大々的にやらなくてもかまいません。兵士を一人送り、こっそり確かめさせるのです。中に遺体が入っていたなら、エリアスの話は嘘。空だったなら本当。それだけのことではありませんか」

「……なるほど」

虚空を見つめ、しばし考えた末に国王は腰を上げた。

「今回はおまえの意見を聞き入れよう、パウラ。だがこれきりだ。これが空振りに終わったなら、今後二度と余をこの問題で悩ますな」

パウラが黙って頭を下げる。ギゼラもそれに倣う。

国王は部屋の外にいた自分の近衛を呼び入れ、ひそかに任務を言いつけた。近衛は小さくうなずいて去っていった。

王族の墓は王都の大聖堂の地下にある。人目につかぬように忍び込み、棺の中をのぞくのにどのくらい時間がかかるのかはわからない。国王はそのままパウラと共に彼女の部屋に向かった。
ギゼラは自室に戻り、まんじりともせずに報せを待つ。
そして——明け方近くに、国王の使者が訪ねてきて結果を告げた。
アルベール王子の棺は空だった、と。

第五章

本城を出たギゼラは、早朝の城内を小走りで北翼に向かった。

うれしい報せを早く彼と共有したい。

（もう心配ないわ、エリアス……！）

ギゼラのもとへやってきた国王の使者は、この件はすでに北翼にも伝わっていると言っていたため、ギゼラはただ喜びだけを胸に走った。

だがしかし。

北翼に到着したギゼラを迎えたのは、とんでもない事態だった。

「そのような報せはまだ受けていません」

門前にいた衛兵たちは、はっきりとそう言ったのだ。

「そんなはずありません！　陛下はひとまず刑の執行を延期すると命じられ、ここに使者が送られたと聞きました」

　すると衛兵たちはギクリとしたように顔を見合わせる。

「ですが……ちょうどさっき処刑人が来たところで……」

「な――」

　思わず絶句した、まさにその時。泡を食ったていで、国王の近衛の一人が背後から駆けつけてきた。

「おい！　エリアス・クレティアンの処刑は中止だ！　いったん中止せよとの陛下のご命令だ！」

　王が一筆したためた命令書を手に、声を張り上げる近衛を、ヴェインが叱責する。

「遅い！　何をやってた⁉」

「うるさい、北翼に来るのが初めてで場所がわからなかったんだ！　こんな辺鄙《へんぴ》なところにあるとは思わず……」

「この箱入りめ！」

　近衛たちの言い争いをよそに、ギゼラは衛兵たちにエリアスが今どこにいるのかを訊ねる。

　そして現在は処刑場にされている地下室にいるはずだと聞き出すと、一目散にそこへ向かった。

運動をし慣れていない身ゆえ、それだけでぜいぜいと息が上がったが、足を止めるわけにはいかない。しかしそのかいあって、階段を駆け下りていくと、行く手からエリアスの声が聞こえてきた。

「放せ！　ひと目！　最後にひと目、陛下に会わせてくれ！」

「エリアス！」

ギゼラは息せき切って地下室へ駆け込んでいく。

そこには首を斬るための処刑台が設置され、大きな斧を手にした覆面の処刑人が立っていた。

さらには目隠しをされたエリアスが、三人がかりで処刑台に押さえつけられている。

処刑人がおもむろに斧を持ち上げ、兵士が暴れるエリアスの頭を押さえつける。

「ダメ!!」

ギゼラは脇目もふらず処刑台の上へ走り寄り、エリアスの上に覆いかぶさった。

「ギゼラ様!?」

その直前、無謀な行動を目にしたフリッツが後ろから飛び出し、斧を振りかぶる処刑人に体当たりをする。処刑人はもんどりうって仰向けに倒れ、兵士たちから叫び声が上がった。

「エリアス……！」

身を起こしたギゼラは無我夢中で彼の目隠しを外す。と、エメラルド色の瞳が――生気を宿した美しい眼差しが現れる。

（よかった……間に合った……）

茫然とする彼に思わずしがみついたところで、視界が急にぐにゃりと歪むのを感じた。

安堵と、眠気と、酸欠。様々なものに一度に襲われたギゼラは、とうとう意識を失った。

⚜

間一髪のところで処刑が中止された後、エリアスはすぐに国王のもとへ連れて行かれる――はずだった。

しかし彼はギゼラが倒れたことに激しく動揺し、傍を離れようとしなかったため、多少の混乱が起きたようだ。

一時間ほどでギゼラが目を覚ました時、まず目に入ったのは、安堵にくずれ落ちるエリアスと、彼と国王の近衛との間で板挟みになっていたらしいヴェインたちの「やれやれ」という顔だった。

「国王の近衛たちが無理やり連れて行こうとしたのですが、隊長はギゼラ様の名前を呼びながら全員素手で殴り倒してしまいまして。危うく再逮捕されるところでした……」

「向こうは十名くらいいたんですよ。でも隊長のあまりの暴れように皆さん完全におののいてました……」

「しまいには『国王なんか後まわしでいい！』と口走ってて、それを聞いた近衛たちが怒りのあまり真っ赤になったり真っ青になったり、なかなか見物でしたッス！」

そんな彼らをよそにエリアスは、今にも死にそうな悲壮な面持ちで切々と訴えてくる。

「倒れられた際には、私の心臓まで止まりそうになりました。もしギゼラ様の身に何かあれば、私は原因となった者を全員地獄へ送り込んだ後、処刑人の斧の上に身を投げ出していたでしょう。誇張ではありません。もうこのような無茶は決してなさらないでください。どうか――伏してお願いいたします」

涙すら浮かべて懇願してくる彼の背後で、ヴェインが「やりかねん……」とつぶやき、ミエルとフリッツが深くうなずいた。

エリアスが北翼から出されたことは、国王のごく近しい臣下に伝えられただけで、表向きは伏せられた。

刑の執行が完全に取り消されたわけではない。エリアスがアルベール王子であるか否かの真偽が明らかになるまで延期されただけだ。

目を覚ましたギゼラは、エリアスを伴って改めて国王の私室へ向かった。

国王は近しい臣下だけを集め、厳しい面持ちで迎える。

十八年前、彼は愛する女性と息子を一度に失った悲劇に深く苦しんだという。王妃による謀殺とも噂され、二人を王宮に置いて長く留守にしたことを激しく悔やんだそうだ。

おまけにその後、国王の胸の内をかき乱すように、死んだアルベール王子だと名乗る若者がたびたび現れた。

（最初のうちは……本物かもしれないと思うこともあったのかしら……？）

金髪に緑の瞳の、容姿の整った若者たちは皆、王宮に勤めていた人間から王子についての詳細な情報を聞き出し、王の前で披露した。しかし全員、王子の乳母や教育係だった者たちの質問に答えられず、化けの皮を剝がされた。国王はそういった者たちに重い罰を与えて追い返したという。

息子を死なせた後悔、できれば生きていてほしいという、万にひとつの可能性に縋ってしまう親心に付け入る詐欺だ。厳しく罰せられるのは当然だろう。

（エリアスも――）

もし本物だと確実に証明できなければ、そのまま処刑場へ送り返されるにちがいない。

ギゼラは二人の対面を不安な思いで見守った。

エリアスはソファに腰を下ろした王の前に、ギゼラと並んで立つ。

臣下たちの見守る中、国王は重い口調で切り出した。

「おまえが兵士たちに話した内容は聞いた。だが馬を恐れていたことや、陶器の壺をくり返し割ったこと、噴水で遊ぶのを好んだことは、召使いたちもよく覚えていたのだろう。これまであらゆる与太者が口にしてきた。そんなものは何の証拠にもならん」

「では何かご下問ください。どんな質問にも正しく答えます」

エリアスが静かに応じる。国王は自分の顎髭をなでながら、しばし考えた。

「五歳の時、おまえは溺れたことがある。どういう状況だった？」

「……母上と共に庭園の湖のほとりで遊んでいました。私は離れたところからこっそり水に入って、母上の前まで泳いでいって驚かせようと考えたのですが、衣服が水を吸って思いのほか重くなり、動けなくなって溺れました」

その答えを耳にした国王は、大きく失望の息をつく。

「それはちがう。おまえは召使いたちの目を盗んで、一人で湖の傍で遊んでいて誤って落ちたのだ」

エリアスは落ち着いて「いいえ」と首を振った。

「母上は、自分が傍にいながら溺れさせたと知れば父上が怒るにちがいないと、事実を隠したのです」

「あの日、あれが湖にいた事実はない。もしそうであれば余の耳に入っていたはずだ」

「たしか……何か理由が……」

エリアスは何かを必死に思い出すように虚空を眺める。

「……母上は湖に行ったことについて、周囲に固く口止めをしておりました。それは……探していたからです。探し物に夢中になっていたため、私からも目を離してしまいました……」

長いこと考えた後、彼は国王に向き直った。

「……装飾品です。陛下から賜った装飾品が見当たらず、調べさせたところ、アンヌ妃の息のかかった侍女が盗み出して湖に捨てたとわかったのです。そこで……泳ぎの得意な召使いに探させていました。ですが私が溺れたために途中で引き上げざるをえなくなり……、その後のことはわかりません。私は臥せっておりましたので」

「……装飾品とは？」

「首飾りです。たしか陛下が、母上の目の色に合わせて作らせたというもので……、エメラルドをふんだんにあしらった中に、二ヶ所だけ大粒のルビーがあって……そう、横に広げると鳥の形になるものだったはず。眼の部分がルビーで……」

「確かに――」

ソファに背を預けていた国王は、そこで前かがみになる。

「余はあれにその首飾りを贈った。ランドールで一番と名高い職人に特別に作らせたにもかかわらず、なかなかつけないので問いただしたところ、紛失したと言われて腹を立てた。覚えている」

顎髭をなでながら言い、国王はエリアスを見上げた。

「おまえの母が装飾品を探していたのは、どのあたりだ？」

「私が溺れた、東の船着場のあたりです」

「よし――」

国王が湖の底をさらうよう命じると、近衛がすぐさま外へ出ていく。

エリアスを見つめながら、国王はなお迷う素振りだった。部屋の空気は緊張に張り詰め、誰も口を開くことができない。

そんな中、パウラの声が響く。

「あら、いやだわ。どうしてこんなところに――」

そうつぶやいて彼女が抱き上げたのは、白い飼い猫。その瞬間、弾かれたように国王が立ち上がった。

「パウラ！　猫をその者に！」

「は？」

突然の指示に戸惑う彼女に、国王は焦れたようにくり返す。

「いいから、猫をエリアスに渡すのだ！」

「え、えぇ……っ」

パウラは言われるがままエリアスに猫を渡した。

ギゼラとヴェインたちは、意味を悟って顔を見合わせる。エリアスも同じだろう。彼は覚悟を決めた素振りで猫を受け取った。

そのとたん、大きくクシャミをする。

猫は驚いたように飛び上がり、二回目のクシャミで、エリアスの腕の中からすり抜けて逃げた。

「おぉ――」

国王の顔に、ようやくわずかな笑みが浮かぶ。

「アルベールは犬や猫が好きだったが、ふれるとクシャミが止まらなくなる体質だった。幼少時には動物を近づけないようにするのに苦労した」

「……今もです」

猫が離れたことで、ようやくクシャミの止まったエリアスが鼻声で応じる。

国王は再び椅子に腰を下ろし、自分を落ち着かせるようにため息をついた。

「よし話せ。聞いてやろう。――十八年前、あれとおまえの身に何が起きたのか。なぜおまえだけが生きのびたのか」

「は――」

アンヌから母親と自分が受けた仕打ちについて、エリアスは詳細に語った。

「陛下が王宮を発ってほどなく、母上の皮膚に奇妙な斑点のようなものが現れました。それが新種の奇病だと大騒ぎになり、私の記憶では、その時点でまだ他の症状は見られませんでしたが、アンヌ妃の命令だといって兵士たちが押し入ってきて、私たちを北翼に監禁しました――」

その後は一度も医師に診てもらうことがかなわず、暖を取るための薪も与えられず、食事は微々たる量が与えられたのみ。

氷室のように寒い部屋の中で、エリアスの母親は二日とたたずに倒れて高熱を発し、瞬く間に衰弱していった。

後になってエリアスは、飲めば皮膚に斑点の浮かび上がる毒があることを知った。母親はそれまで大きな病気をしたことがなく、また奇病にかかったのが彼女だけということに鑑みて、その毒を盛られた可能性が高いと考えられる――。

理路整然とした話を聞くうち、国王は震え出し、固くこぶしを握りしめた。そして噛みしめるようにうめく。

「おのれ……！」

エリアスはさらに、単身窓から逃亡しようとして落ちたこと、気がついた時には荷車の上にいたこと、その後クレティアン家に売られてからは勉学と鍛錬に励み、復讐を誓って王宮へ戻ってきたことなどを淡々と話した。

国王からの質疑も交えて、すべてが終わったのは昼近くになってから。その頃、国王に命じられて湖の探索を指揮していた近衛兵が戻ってくる。

潜り手によって発見されたものを、彼は国王に恭しく差し出した。

「藻草の下にあったとか。最近投げ入れられたものではなさそうです」

その手に、エメラルドの豪奢な首飾りが握りしめられているのを目にした国王は、ふらふらとエリアスに歩み寄り、背の高い息子を抱きしめて声を上げて泣いたのだった。

⚜

その日、王宮は二つの大きな事件に翻弄された。

最初にもたらされたのは、自室に軟禁されていたはずの王太子ヨーゼフが、支持者の助けを借りて王宮から逃亡したという衝撃的な報せである。

奇遇にもエリアスが危機一髪で処刑を回避したのと同じ頃――ヨーゼフは早朝の朝靄にまぎれて王宮を抜け出し、リンデンボロー公爵家の領地に逃げ込んだ。

どうやら逃亡先での挙兵を目論んでいたようだ。本来その判断はまちがいではなかった。

将来、異国の王子を旗頭にした国王派と、正統な王太子であるヨーゼフとのどちらに仕えたいか――その二択であったなら、貴族たちの意見も割れただろう。

しかし間の悪いことにその時、誰も予想しえなかった出来事が起きた。

病死したと思われていたアルベール王子が生きていたと、国王が発表したのだ。

おまけにそれが長くギゼラ王女の近衛を務めていたエリアス・クレティアンと聞いて、多くの者は耳を疑った。だがこれまで現れた偽物たちとちがい、エリアスは国王自身がアルベールだと確信する様々な証拠を示したという。

国王は「エリアスはあえて叛逆を企むヨーゼフの口車に乗り、それを故意にギゼラに教えることで国王の身を守った。今日その真実が明らかになった」と彼の罪状を撤回し、急いで身分を回復するよう関係各所に厳しく命じた。

十八年前、アンヌによって無慈悲に死に追いやられた愛妾の遺児が生きていた。それもヨーゼフによる弑逆の企みを阻止して父王の命を守った。

貴族たちは悲運の王子の帰還を歓迎した。

そして突然現れた三つ目の選択肢——国王の長子であるアルベール王子の人となりを見た上で、主君と仰ぐ相手を判断するという道を選び、静観する者が多かった。

⚜

エリアスは一躍時の人となった。

自分から離れていく彼を、ギゼラは黙って見守るしかなかった。

何しろ求心力に欠ける国王派にようやく現れた希望の星である。国王は彼をひとときも傍から離さず、王太子も同然に扱った。

すでに政務に立ち会わせ、会議に同席させ、公務に同行させている。さらには夜会を催し、積極的に多方面の人間に引き合わせた。それに合わせ大勢の貴族や識者が、エリアスと言葉を交わそうと各地から集まっている。一挙一動に注目して人となりを探り、故郷に戻って周囲に広めるのだろう。

先日までヨーゼフやフロリアンに集まっていた注目が、今は劇的な帰還を果たした国王の長子に集中しているというわけだ。

(何しろ今までわたしの世話をするばかりで、ほとんど人前に出なかったものね……)

国王とアルベール王子を取り囲む輪の中で、ギゼラは必死に顔に微笑みを貼りつけて立っていた。

招待客と話すエリアスは、近衛の隊服とはちがう、きらびやかな礼装をまとい輝いていた。

白地にボタンや略綬、肩章によって金の装飾がふんだんにあしらわれた美々しい装いは、ギゼラにとっては見慣れない――馴染まない姿だが、帰還した王子としてはこれ以上ふさわしいものはないだろう。

今も、国王に挨拶をする伯爵夫妻の隣で、その令嬢が彼に熱い視線を送っている。すると目ざとく気づいた国王が、にこやかに口を開いた。

「アルベール、ご令嬢と踊ってきてはどうだ？」

「…………」

エリアスの目がギゼラを見る。ギゼラはうなずいた。

国王からは、それが貴族の支持を集めるための手段のひとつだと説明されている。となればエリアスの将来にも関わることだ。邪魔をするわけにはいかない。

とはいえ、彼が他の女性と踊る姿を見るのは楽しいものではない。胸がよじれるような羨望にギゼラの笑顔はくずれ、剝がれ落ちそうになる。

つらいのはそれだけではない。

令嬢の母親である伯爵夫人が、羽根扇の陰でギゼラにささやいてきた。

「素敵なお兄様ですこと。ギゼラ様もさぞかし鼻が高くていらっしゃるでしょうね」

言葉に悪意はない。しかし柔らかな棘となってギゼラの胸を刺す。会場中に向けて訴えたい心地で、ギゼラは胸中で叫んだ。

（わたしとエリアスに血のつながりはないわ……！）

エリアスが国王の長子と明らかになった一方、ギゼラは王女という立場のまま。つまり二人は異母兄妹ということになってしまったのだ。

ギゼラは父王に、自分の本当の出生を明らかにするよう懇願したものの、国王は自分の体面のためにそれを拒否した。

よって今も、人前では兄妹として振る舞わなければならない。予想外も甚だしい。

（こんなはずじゃなかった……！）

彼を死なせずにすんだ。おまけに本来の立場を取り戻すきっかけを作った。それについては後悔していない。もう一度同じ状況になったとしても、必ず同じ選択をするだろう。

だが――

ギゼラは光の中で踊るエリアスと令嬢とを、胸を締めつけられる思いで見守る。

物静かで落ち着いた人柄に、立場にふさわしい才覚を併せ持っている。ヨーゼフに勝るとも劣らぬ将来性ゆえ、早くも支持にまわる者が後を絶たないという。

（きっと、エリアスはこれからどんどん人気が出るんでしょうね）

（そしてどんどんわたしから離れていく……）

エリアスは、王子としての立場を取り戻した後もギゼラを最優先にすると言っていた。

しかしギゼラがそれを拒んだのだ。

彼を後継者にしようと心を砕く国王に背を向ければ、エリアスは宮廷の中で立場を悪くしてしまう。貴族にそっぽを向かれてしまっては、彼は王子としての立場を再び失うどころか、ヨーゼフの道を阻む敵として命を脅かされることにもなりかねない。

『今は王子にふさわしい振る舞いをして、周囲の信頼と尊敬を集めて、宮廷で一定の評価を得ることに集中するべきよ』

エリアスに言ったことが間違いだとは思っていない。だが賢しらにそんな主張をした自分が心底恨めしい。ギゼラはため息をついた。

エリアスが株を上げていく一方で、婚約者であるフロリアン王子の人気が急落しつつある今、ギゼラの立場はないに等しい。

(夜会の招待すら来ないし……)

もちろん王女であるギゼラは、望めば招待状がなくても夜会に参加できる。しかしそうやって無理をして参加した結果がこれである。

フロリアンは相も変わらず好みの令嬢を追いかけるばかりで、会場に入ってから言葉を交わすどころか、顔を合わせてもいない。

「行きましょう」

いいかげん微笑みを浮かべるのに疲れたギゼラは、ヴェインたちに声をかけて壁際の長椅子に退避した。

めずらしく姿を現した王女への興味か、貴公子たちが踊りに誘いに来るも、それはヴェインたちが丁重に追い払ってくれる。傍にいた従僕に飲み物を持ってきてくれるよう頼み、ギゼラは息をついた。

(もし――)

もし今エリアスの前に立ち、『わたしと踊りなさい』と命じたなら、彼はどうするだろうか……。

礼儀正しく伯爵令嬢と踊る彼を見ていられず、目を閉じたギゼラはそんな想像にふけった。

『かしこまりました』と令嬢の手を放すだろうか。それとも令嬢に恥をかかせては国王の顔に泥を塗ることになると、曲が終わるまで待つようたしなめてくるだろうか。

『私に王子らしく振る舞うようお命じになったのは、ギゼラ様ご自身ではありませんか。お忘れですか？』

後者のような気がする。彼はああ見えて、口で言うよりも責務に忠実だから。

「エリアスのそういうところ、好きよ……」

つまらない思いでぼやいた時、思いがけず近くで応じる声がした。

「ありがとうございます」

「…………!?」

予想外の声音に、心臓が大きく飛び跳ねる。

驚いて目を開けると、今の今まで想像していた相手が前に跪き、ギゼラの顔をのぞき込んでいた。

「地上に舞い降りた天使がいると目をこすったところギゼラ様と気づき、駆けつけたのですが目をつぶっていらしたので危うくキスをする寸前でした。何とか堪えた褒美に、私のどこが好きなのか、お聞かせ願えませんか？」

「いると思わなかったから言ったの！　今のは盗み聞きよ」

「では盗み聞きしてしまったと罪の意識を感じずにすむよう、面と向かってもう一度おっしゃっていただけますでしょうか」

「いっ、今は無理……っ」

そっけなく言って立ち上がろうとしたギゼラを腕の中に閉じ込める形で、彼は長椅子のひじ掛けを握りしめる。

「逃がしませんよ？」

鼻先がふれるほどまで顔を近づけ、エリアスが悪い微笑みを浮かべた。

「さぁ、どうか国王に振りまわされている私を哀れと思し召して、先ほどの思いがけない愛の告白をもう一度おっしゃってください。よく耳を澄ませて拝聴し、余韻まで含めて余すことなく心の中で噛みしめますので」

「あのぅ……」

そこに、飲み物を盆にのせた従僕がおずおずと割って入ってくる。エリアスは不機嫌を隠さず振り向いた。

「取り込み中だ。見てわからないか？」

「わたしが飲み物を頼んだの！」

ギゼラはエリアスを押しのけて従僕から飲み物を受け取る。

「ありがとう」

グラスを満たしているのは白いワインである。それを一瞥したエリアスは、眉根を寄せて「いけません」と取り上げた。

「こんな場所で万が一にも酔ってしまわれてはと考えると私の気が休まりませんので、どうか酒ではないものになさってください」

「もし酔ったらヴェインたちに部屋へ連れて行ってもらうから心配ないわ」

「いいえ。酔いに染まったギゼラ様のお顔を私以外の男が目にするなど、想像するだけで憤死しそうになりますので、これは私がいただきます」

「ダメ――」

グラスに口をつけようとしたエリアスから、すんでのところでグラスを奪い返す。

「わたしが頼んだものよ」

なんだかんだ理由をつけているが、ようはいつもの過保護だろう。子供扱いをされているのだ。

ギゼラはグラスを手に立ち上がると、彼に背を向け、頬を膨らませて歩き出した。ヴェインたちがついてこようとするも、エリアスが片手で制する。

「いい。俺が行く——」

背中でそんなやり取りを聞きながら、ギゼラはすたすたと歩を進めた。

エリアスが王子として振る舞っている間、ギゼラがどんな思いで見つめていたのか、彼にはわからないだろう。自分はさんざんギゼラをやきもきさせておいて、いきなり現れたと思ったら酒はダメなどと頭ごなしに指示をしてくるなんて——

ぶつぶつと心の中で文句を言っていたギゼラは、ふいに背後からのびてきた腕にさらわれ、強い力で引き寄せられる。

「————……!?」

気がつけば、大広間から窓を隔てて続くテラスにいた。テラスの隅の暗がりにギゼラを引っ張り込んだエリアスは、いつの間にか奪ったグラスの中身をあおると、物も言わずに口づけてくる。

「……んん、ん……っ」

口移しでワインを飲まされ、ギゼラは喉を鳴らして飲み下した。

ついでに彼は熱い舌を深く差し入れ、情熱的に絡めてくる。背筋が痺れて蕩けるほど甘いキスだ。優しくも容赦のない舌遣いに陶然とするギゼラから一度顔を離すと、彼はまたしてもワインを口に含み、くちびるを重ねてきた。

むせ返るほど芳醇な香りに包まれ、赤裸々に欲しがってくるキスに必死に応えるうち、ギゼラは文字通り骨抜きにされてしまった。立っていられなくなった主君を、エリアスは大切そうに抱きしめてくる。

「申し訳ありません。余計な口出しをしました。私はもう、そんなことを申し上げる立場にないというのに――」

「――……」

「ですがこれだけはご承知おきください。私は今でも、気持ちの上ではギゼラ様の近衛の隊長のままです。できることならその立場に戻りたいと、今この時も心の底から望んでおります」

重なった胸から彼の体温と鼓動、そして現状に苛立つ感情が伝わってきた。

自分だけではない。彼も苛立っていたのだ。――そう察し、ギゼラは逞しい身体に腕をまわす。

「エリアス、ごめんなさい……」

「ギゼラ様――」

「あなたが大好き。なのに少しも近づけなくて、つまらなかったの。わざとじゃなかったけれど、お酒を頼めばあなたが止めに来てくれるのではないかと、心のどこかで考えていたのかもしれないわ……」

「酔って上気したギゼラ様のお顔は、いつもの凛としたお姿とは異なる愛らしい妖艶さに満ちており、まるで船を呑み込んだ台風のように男の理性を翻弄してやみません」

「わたし、たったあれだけのワインで酔ってしまったみたい……」

相変わらず何を言っているのかわからないエリアスを、火照った顔で振り仰ぐと、彼は短くうめいた。

「……欲望の海に沈んだ男に襲われぬよう、どうか自衛のほどを」

「優秀な近衛がいるから大丈夫よ。……いけない。元近衛ね……」

ひどくふわふわした気分で、くすくす笑う。エリアスはため息をひとつつき、そんなギゼラを抱き上げた。

テラスから出て、近くに居合わせた者に短く声をかける。

「ギゼラ……の気分がすぐれぬようなので送ってくる」

その姿がなるべく人目につかないよう、ヴェインとミエルとフリッツが周りを囲んだ。

⚜

ギゼラの部屋に戻ると、エリアスは就寝のための世話をしようとする侍女たちを適当に追い払った。

ヴェインたちには居間で控えているように言い、まっすぐに寝室に向かうと、そこでギゼラを下ろす。

ギゼラはようやく、心のままに彼に抱きついた。

「エリアス……」

それはすぐに力強い抱擁で返される。

「早く二人きりになりたくてたまりませんでした」

大好きな彼の声だ。もっと聞きたくてぎゅっと身を寄せると、頭上でエリアスが軽く笑う。

「離れている間はどこにいても、ギゼラ様がどのように過ごされているのか考えるばかり。むしろ今までよりもギゼラ様のことで頭がいっぱいです」

「わたしもよ。次に二人で会えるのはいつなんだろうって、そればかり気になって……」

振り仰いで言うと、抱きしめる腕にますます力がこもった。

「王子としての生活は水中で暮らしているに等しいものです。こうしてギゼラ様と二人きりになる時のみ、私は楽に息ができます」

「エリアス……」

愛しい顔を見上げ、ギゼラは視線でキスをねだる。彼はすぐに応じてくれた。ギゼラの好きな、優しくて甘いキスを何度もくり返す。

ほどなく二人は身体を重ねながら寝台になだれこんだ。横になったギゼラは、逞しい身体に両腕をまわし、甘えるようにくっつく。

「しばらくこうしていたいわ。……いい？」

「仰せのままに」

低いつぶやきが、頬を押しつけた彼の胸から聞こえてくる。それがうれしくて、硬い胸にすりすりと頬ずりをする。

エリアスはギゼラの髪に手を潜り込ませ、長い髪を指で梳きながら、頭頂部にキスを落としてきた。

「疲れていない？　政治に関わるのは大変でしょう？」

「いえ、特には。時折、王太子派の貴族からいやがらせをされることもありますが、ギゼラ様と引き離されている現状を思えば何ほどのものでもありません」

「いやがらせをする人は、あなたが立派なので警戒しているのよ。ヨーゼフお兄様がいない間に、あなたが宮廷を虜にしてしまうのではないかと恐れているんだわ」

「そうですか」

まったく興味のなさそうな声が応じる。

「ギゼラ様はいかがですか。不自由があれば何でもおっしゃってください。何とでもしてみせます。今やそれだけが私の存在価値です……」

力のない声に大きく頭を振った。

「そんな……！　変なことを言わないで。アルベール王子はとても立派だと、皆が話しているのに」

と、彼は自分にひっつくギゼラを両腕で抱きしめる。

「その他大勢の評価などどうでもいい！　もう限界です。ギゼラ様のいない世界に耐えられません。私は生ける屍も同然です。王子としての責務をきちんと果たすよう、ギゼラ様のご下命があったからこそ努力してまいりましたが、今は何もかも放り出して近衛に戻していただけるなら命を失うこともいとわぬ思い――」

「エリアス……」

ギゼラの肩口に顔をうずめての押し殺した訴えに、喜びと苦悩との、両方の気持ちが同時に生まれる。

彼に強く想われるのはもちろんうれしい。しかし彼がギゼラのために、享受すべきものに背を向けてしまうのは本意ではない。

「そんなことを言わないで。あなたは本来いるべき場所に戻ったのよ。近衛の隊長よりもずっと、あなたにふさわしい場所に」

「本心からそうお考えなのですか？」

静かな問いにどきりとした。思わず振り仰ぐと、何もかも見透かした眼差しに射抜かれる。

ギゼラはそっと目を伏せた。

「もちろん……」

「――かしこまりました。それがギゼラ様のご希望とあらば」

大きな手でギゼラの頬を包み込むと、彼は再び優しくくちびるを重ねてくる。そして甘い吐息を漏らしながらぼやいた。

「毎日気が気でなりません。ヴェインたちに言って、余計な輩が近づかないよう目を光らせていますが、彼らは私ほど警戒が厳しくありませんので、今この時も近衛の警備をすり抜けた誰かがギゼラ様のお心を乱しているのではないかと考えてしまい……」

「その心配はないわ。私は……あなたとフロリアン様以外の男性とは縁がないから……」

「――……」

エリアスが黙り込む。名前を出さないほうがよかったかと、ギゼラは少しだけ後悔した。

現在エリアスは、フロリアンとギゼラとの婚約を破棄させようと動きまわっているようだ。しかし国王の意向で退けられているらしい。

フロリアンは相変わらずだ。日中は同性の友人たちと遊び、夜はあちこちの夜会にくり出して、明るく華やかで色っぽい女性たちと戯れている。表向きはそう言われている。

しかし実のところ、まだパウラと密会を続けていると、ヴェインから報告を受けていた。

とはいえギゼラにそれを責められるはずがない。

（わたしも同じことをしているのだもの……）

会ってはならない相手と二人きりで会い、恋人として寄り添って、幸せにたゆたっている。

「エリアスだけ。大切なのは、あなただけ……」

身をすり寄せると、彼はギゼラの肩にまわしていた腕に力を込めて抱き寄せ、こめかみにキスをした。彼の胸に頬を押し当て、香りに包まれてうっとりする。そうしていると他には何もいらないという気分になってくる。

そのままうつらうつらしてしまったようだ。夜半過ぎ、エリアスが寝台から抜け出して帰っていく気配に気づいた。

ギゼラは夢うつつのまま彼の袖をつかむ。

「……行かないで」

どうしてそんなふうに思ったのかわからない。

彼がこれ以上自分から離れていくのはいや。急に、そんな不安に胸をつかまれた。

「行かないで、エリアス。一人にしないで……っ」

思いがけずこぼれた言葉に──自分でも知らなかった本当の気持ちに、目を瞠る。

必死に見上げていると、彼は吸い寄せられるように戻ってきてギゼラに口づけた。くちびるをこじ開ける深いキスだ。音を立ててギゼラの口腔内をかき乱し、舌を貪った末に熱っぽくささやいてくる。

「決して離れたりはしません。もしお望みでしたら、堂々とここで夜を明かします」

覚悟を決めた真摯な眼差しが見下ろしてくる。食い入るようにそれを見つめ返すギゼラの目に涙がにじんだ。

こわばった喉から掠れた声が漏れる。

「いいえ……ダメ……」

そんなことをすれば、彼がせっかく取り戻した立場を悪くしてしまう。婚約者のいる異母妹と寝ていると、政敵に攻撃の口実を与えるようなものだ。国王に愛される第一王子。彼はその道を、まっすぐに進んでいかなければならない。

エリアスの命を助けた。これがその代償というのなら、受け入れるしかない。

「それはダメ……」

涙まじりに返した瞬間、ギゼラを見つめるエメラルド色の瞳が曇る。

「せめてあなたをください。欲しくて欲しくて頭がおかしくなりそうです――」

ギゼラは何度もうなずいた。わたしもよ、と口に出すことはできなかったものの、心はそう叫んでいる。

情熱にまかせて互いに衣服を脱ぎ、すべらかな敷布の上で肌を重ねた。その敷布は、ほどなくギゼラの体液にぬれてしわくちゃになった。欲望を持てあましたエリアスが、ギゼラに自分を迎え入れるための準備を整えさせようと、秘処に性急な口淫をほどこしたためだ。

両手で花びらを大きく広げ、彼は獣のように荒々しく舌を這わしてきた。強靭な舌に花芯のみならず蜜口の奥まで蹂躙され、ギゼラは早々に天高く舞い上がる。

尻までしたたるほどぬれた花びらに舌なめずりをして、彼はギゼラの臀部をつかむと、すでに腹につくほど滾っている怒張をそこに押し当て、ぐぶぐぶと押し込んできた。

「はぁっ、ぁ……ぁ……！」

太くて硬い欲望に、ぎちぎちと蜜襞を拓かれる感覚が心地よく、ギゼラはのけ反って淫奔に嬌声を響かせる。ずしんっとお腹の奥までひと息に貫かれた瞬間、目の前に星が散り、淫路がぎゅうぎゅうと熱杭を締めつけた。

「はぁン……！」

瞬く間に恍惚の果てまで飛ばされ、きつくしなった背筋がびくびくと痙攣する。

「ギゼラ様……っ、少しは……ご容赦を――」

エリアスが、蜜洞の蠕動に耐えるようにきつく眉根を寄せた。ギゼラの陶酔が落ち着きを見せた頃、彼は上に覆いかぶさってくる。

「挿れただけで達してしまいましたね」

「ごめ、なさ……っ」

欲望の涙を湛えて見つめ返すと、彼は飢えたような、凶悪な笑みを見せた。

「謝る必要はありません。私のコレは、ギゼラ様に快楽を捧げるためにあるのですから」

うれしそうに言い、卑猥に腰を動かし始める。ぐちゅぐちゅと内側を捏ねられる感覚が気持ちよくて意識が飛びそうになる。ギゼラは頤を上げて淫らに啼いた。

「はぁっ、あぁン……っ、ま、またっ、ぁあ……！」

「好きなだけ、何度でも達ってください。最も淫らな姿を私にだけお見せください……」

そう言うエリアスの眼差しこそ、淫らな熱に滾っている。

巧みな腰遣いはいやらしく、淫悦の波間をただよっていたギゼラの身体は、再び打ち寄せた快楽の波に乗って高く煽られた。

逞しい身体にしがみつき、必死に衝撃を受け止めていると、二人の間にはさまれた乳房がぬるぬると揉みつぶされる。

甘い愉悦に顔を上げたところ、間髪入れずにくちびるを奪われた。熱い舌をねじ込まれ、強引に口腔内の性感を暴かれる。

「んっ、ふぅ、ん……っ」

甘く猛々しい口づけに疼いた下腹が、新たな蜜液をあふれさせたのか。滾る熱杭が抜き挿しされるたび、糸を引いた蜜が飛び散った。

ぎちぎちと滾る欲望は、ギゼラの蜜襞を無尽に捏ねてかきまわす。野太い欲望に翻弄されながら、彼にも気持ちよくなってもらいたいと、ギゼラも腰を振り立て、淫路を引き絞る。

行為を重ねるうち、意図的に熱杭を締めつける方法を覚えたのだ。そうすると彼がせっぱ詰まった顔になることも。

「──ぅっ……」

喉の奥でうめき、口づけを解くと、彼はギゼラの大好きな色っぽい顔を見せる。そしてより激しく、情熱的に上下に揺さぶり始めた。

引き抜かれる時に柔襞を切っ先で抉られる感覚も、勢いよく突き込まれ、下腹の奥で弾ける深い快感も、汗にまみれて火照る身体の重みも、欲望を孕んだ息遣いも、すべてが気持ちよくてたまらない。

「はぁっ、あっ！　あぁン、んん……！」

骨の髄まで響く荒々しい抽送に、ギゼラはあられもなく啼き乱れた。快感に思考が霞んでいく。速い律動で欲望をたたきつけられるうち、ひときわ強い歓喜が身の内を駆け抜ける。

エリアスにきつくしがみついたまま、ギゼラはまたしても獰猛な快楽に襲われ、高みに昇り詰めた。

ぎゅうぎゅうと熱烈に引き絞る蜜洞の中、これ以上なく膨れた怒張がびくびくとわななく。

「ギゼラ様……っ」

押し殺した声に、ギゼラは泣きぬれた瞳を瞠る。

中で果てる許可を求められているのだと、すぐに察した。

死を前にしていた以前とはちがう。この先もずっとギゼラと共に生きるため、彼はあらゆる世のしがらみを飛び越えて、強硬な手段を取ろうと考えたようだ。

ギゼラも、その幸せな未来に飛び込んでしまいたい。でも――

「ダメ、……中は、いや……っ」

そう言うと、彼は唸って自身を引き抜き、ギゼラの腹の上で欲望を弾けさせた。

「……申し訳ありません。汚してしまいました」

昏い眼差しでつぶやき、彼は手早くシーツをかき集めると、ギゼラの腹部をぬぐう。丁寧な手つきながら、現状への苛立ちが伝わってきた。それをギゼラにぶつけまいと自制していることも。

「エリアス……」

ギゼラは汗の浮いた身体を抱きしめる。どこまでもギゼラの気持ちを優先する彼に甘えている。その自覚はあった。しかしギゼラがエリアスを抑えるのは、彼の立場を守るため。

（苦しい……）

互いに相手を尊重し、立場を考えるあまり、自分の気持ちを押し通すことができずにいる。互いにどこにも進めず、袋小路で密かに抱き合うしかない。

（このままではいけない……）

本当は解っていた。

ギゼラが彼に危ない橋を渡らせている。露見すれば名誉がひどく汚されてしまうことをさせている。逆に言えばギゼラさえいなければ完璧なのだ。

（何とかしなければ――）

ひとつの決意を固めながら、ギゼラは愛しい人のくちびるに小さくキスをした。

⚜

数日後。宮廷にひとつの怪文書が出回った。

ギゼラ王女は国王の血を引いた娘ではなく、庭師の娘だと告発する内容だ。

ヨーゼフ王子に与する貴族から流出したと思われる文書の内容は具体的で、証拠もあると記されていた。

噂はあっという間に宮廷の隅々まで知れ渡り――ほどなくギゼラ王女が王宮から姿を消

した。

真実を知った国王に追い出されたとも、自ら身を引いたとも言われ、真相は杳《よう》として知れない。しかし元々あまり宮廷で存在感のなかった王女のこと。

噂に注意を払う者はほとんどいなかった。

第六章

「ギゼラ様。お茶をお持ちしました」

柔らかいノックと共に扉の開かれる音がして、机についていたギゼラはハッと目を覚ました。書き物をしながら居眠りをしていたようだ。

ミエルが部屋に入ってくる。彼はギゼラの傍に、紅茶ののったトレーを置いた。

「……ありがとう」

「だいぶお疲れのようですね」

気づかわしげな問いに小さく笑う。

「手紙を書いていたのだけど、知らないうちに寝ちゃっていたみたい……」

「この三日間、急に環境が変わりましたからね」

ミエルが部屋を見まわす。ここは彼の実家である。

王都の裕福な市民が暮らす一画にある大きな屋敷。その一室に、ギゼラは客人として滞在していた。

三日前、怪文書を作成し、ばらまいたのはヨーゼフに近い貴族である。しかし彼の部屋に、証拠となる手紙を忍び込ませたのはギゼラだった。

以前エリアスがヨーゼフのもとから盗み出して隠していた、神父から王に宛てた手紙である。

国王の暗殺未遂についての事件が落ち着いた頃、エリアスが持ってきて、燃やすべきだと許可を求めてきたが、ギゼラは「しばらく考える」と言い、預かっていたのだ。

王太子派の貴族たちは、その手紙に基づいて真実を告発する怪文書を作り、方々にまいたのだ。

この真相を知った国王は激怒した。

留守中に恋人を庭師に寝取られた上、その男の子供を数年の間、自分の子と信じて育てていた。――人々は国王の不明を笑い、自分の体面のために今まで隠してきた不実を問題視するだろう。

政敵はここぞとばかりに責め立ててくるに違いない。

何より彼の名誉を損ね、高い矜持《きょうじ》を深く傷つけた。

（許されないのは覚悟の上だった……）

それでも、ギゼラが本来あるべき立場に戻るには他に方法がなかった。

エリアスのため——ずるずると秘密裏に続く関係に終止符を打ち、謂われのない醜聞から彼を守るためには、どうしてもこうする必要があった。

『王女の身分は返上します。ですからどうか、わたしに自由を与えてください』

釈明の後にそう懇願したギゼラに、国王は王宮からの即時追放を言い渡してきた。

『出ていけ！　今この時より、おまえは王女でも何でもない。庭師の娘だ。部屋に戻ることも——アルベールと会うことも許さん！』

王とのやり取りを思い返し、ギゼラは切ない気持ちでため息をつく。

（追い出されることは覚悟していたけれど、まさかエリアスにちゃんとお別れが言えないとは思わなかった……）

実際ギゼラは、身につけたドレス以外、何ひとつ持たないまま王宮の外へ追い出された。

幸いなことにヴェインたち三人が後を追いかけてきてくれたため、ひとまず何とかなったものの、そうでなければあっという間に路頭に迷っていたところだ。

「ありがとう、ミエル。わたしをここに連れてきてくれて……」

「やめてください」

大人しい青年は穏やかに頭《かぶり》を振った。

「僕のほうこそギゼラ様には恩がありますから。宮廷に上がったばかりの頃は、爵位を金で買った平民の息子って嫌がらせをされ続けていました。ギゼラ様の近衛になれたおかげで、そんな毎日が変わったんです。感謝しています」

彼は家族にもそう説明してくれたらしい。

思いがけない出生が明らかになった元王女でも、ミエルの両親は客として受け入れ、丁重にもてなしてくれた。だが厚意に甘え続けるわけにはいかない。

(ヴェインが王宮の私の部屋から持ち出してくれた宝飾品を売れば、家を買うことができるみたいだから……、あとは私にできる仕事を探して、がんばろう――)

ミエルの両親は、必要があれば、宮廷における礼儀作法の教師を探している知り合いを紹介すると言ってくれている。何でも王宮には外の世界と違う様々なしきたりや作法があり、新たに貴族の仲間入りをする資産家の悩みの種であるらしい……。

つらつらと考えていたギゼラは、大事なことを思い出した。自分の身のふり方を考えるのも大事だが、同時にヴェインたちを王宮に戻し、新しい仕事を与えるようエリアスに頼まなければならない。

ギゼラはペン先にインクをつけて、その件も手紙に書き加えた。

「今度こそ返事が来るといいですね」

「そうね……」

実はこの三日間、毎日エリアスに手紙を送っている。最初の日は、こうなった経緯と謝罪、そしてこれまでの感謝を、便箋何枚にも渡ってしたためた。

その後も、彼の存在が自分の中でどれほど大きいか、喪失がどれほど耐えがたいかを書いて送っているものの、今のところ一度も返事がない。

(もしかしたら途中で止められているのかもしれないわね……)

国王は、自分の顔に泥を塗ったギゼラに激怒していた。ようやく取り戻した大事な王子に二度と近づけまいと、手紙を取り次がないよう命じていてもおかしくない。

「はぁ……」

それでも書かずにはいられなかった。そして手紙に向かっていると、問答無用でエリアスと引き裂かれた心の傷がじくじくと痛む。

自分よりもエリアスのほうが衝撃を受けたはずだ。返事が来ないのは、彼が怒っているためかもしれない。

相談もなく出生の秘密を明かし、別れの挨拶もなく姿を消してしまったのだから。勝手なギゼラの振る舞いに、彼はどれほど傷ついただろう?

(あんなに急に追い出されるとは予想していなかったから……!)

心の中で言い訳をしたとたん、じわりと涙が浮かぶ。

会いたい。会いたい。最後にひと目でいいから……なんて思えない。自分の人生から失われてほしくない。

　エリアスのためと言いつつ、実のところ、彼と決して公に結ばれることのない未来から
――自分の心の安寧のために逃げた。今となってはそんな気もする。

　自分がまちがっていたとは思えない。父王の体面のため、王女でもないのに王女として
飼い殺される日々を送り続けるなど――おまけにエリアスの足を引っ張りかねない状況に
甘んじるなど、どう考えてもおかしい。

　でも後悔する気持ちも根強くあった。彼の傍にいるため、耐えて耐えて耐え続ける道も
あったかもしれない。少なくとも彼はそう覚悟を決めていたようだ……。

　こぼれそうになった涙を手のひらでぬぐう。

「そうだ……」

　連れ出せなかったナッツの世話を、誰かに頼んでほしいということも書かなければ。

　改めてペン先にインクをつけた時、何やら部屋の外から騒がしい音が聞こえてきた。

　不審に思ってペンを置いた時、扉がノックされ、返事をする前に外から乱暴に開かれる。

　振り向くと、フリッツが引きつった顔を見せた。

「すみません、ギゼラ様！　今すぐ玄関へ来てもらえますか!?」

「どうしたの……？」

「それが……っ」

急ぐ様子の彼に促されて部屋を後にし、二階の廊下を進んで玄関に向かう。階段の上から見下ろすと、玄関ホールでは押し入ろうとする兵士たちと、押し留める男たちで大騒ぎが起きていた。

押し留める側の先頭にいたヴェインが声を張り上げる。

「よせ！　このバカ、乱心したか！」

「どうしたの!?」

急いで下りていくと、兵士たちが「いたぞ！」とこちらを指さした。驚いて足を止めたところ、兵士たちを強引にかき分けて、エリアスが顔を出す。

「ギゼラ様!!」

引き留める兵士たちを振り払い、階段を駆け上がり、彼はギゼラのもとへまっすぐ向かってきた。先ほどまで想像の中で見つめていた姿を目にして息が詰まる。

「エリアス……っ」

彼は階段の数段下で足を止めると、ギゼラと同じ高さで見つめてきた。固く引き締められた顔には、まぎれもない安堵の色が浮かんでいる。

「ご無事でしたか――」

「……えぇ」

きょとんとするギゼラに、背後からフリッツが訴えてくる。

「俺たちがギゼラ様を誘拐したって言うんだ。何とかしてください！」

「誘拐!?」

ギゼラは目を剝いた。しかしエリアスは真顔でフリッツに反論する。

「私に何の相談もなくギゼラ様の私物を勝手に持ち出し、ギゼラ様を連れて、私の目の届かない場所へ連れ出したんだ。そう言われてもしかたがないだろう!?」

「ご、誤解よ……っ」

ギゼラは二人の間に割って入った。

「ヴェインたちは、わたしを助けてくれただけ。安全な場所に落ち着いて元気でいるって、何度も手紙に書いたでしょう!?」

「手紙!?　そんなもの受け取っていませんが!?」

エリアスはひどく檄《げき》した口調で言い返してくる。やはり手紙は彼の手に渡っていなかったようだ。国王が阻んだのかもしれない……という声が出ない。

こちらを見る眼差しは、にらむと言っていいほど険しかった。ギゼラの喉は、不安と緊張に干上がってしまう。

「あ、……あの……っ、」

口をパクパクさせるギゼラに、エリアスは焦れたように手をのばしてきた。そして強く抱きしめる。

「お願いですから、私からあなたを取り上げないでください……！」

腕の中に囚えるように深く抱きしめ、切々と訴えてくる。

「急にいなくなるなど、ひどい仕打ちをしないでください！　心配で気が狂いそうでした……っ」

「……ごめんなさい」

厳密には国王に追い出されたのだが、抱擁してくる力の強さから彼の心配が伝わってきて、余計な言葉が出てこなくなった。

ギゼラは申し訳ない気持ちで彼の背をなでる。

「ごめんさい、エリアス……。あなたを苦しめるつもりはなかったのだけど……」

「どこへ行かれようと必ず捜し出します。そして追いかけます。一生、決してお傍を離れません」

「わたしもずっと一緒にいたかったわ。でも……あなたの妹にはなりたくなかった……」

それを聞いたエリアスは少し身を離し、ギゼラの顔を間近からのぞき込んでくる。

「私が命を投げ出してギゼラ様をお守りしようとした時、ギゼラ様はおっしゃいました。自分の気持ちはどうでもいいのか、と」

「あ――」

不意の問いに息を吞んだ。

『わたしのため、わたしのため、わたしのため。……あなたはそう言いながら、わたしが望まないことばかりする。独りよがりで、自分勝手だわ。わたしの気持ちはどうでもいいの？』

エリアスが勝手に命を投げ出そうとした時、自分は確かにそう言った。

「今こそあのお言葉をお返しします。私はギゼラ様を決してあきらめない。私たちはこれからも同じ時を過ごすのです。どうかギゼラ様もそう望んでください。お願いです」

「でもわたしは、陛下から王宮を去れと言われて……」

「それなら撤回させました」

「え？」

「とにかく早急に王宮へお戻りください。でないと本当に彼らを誘拐の容疑で逮捕しますよ」

「────……」

やはり怒っているようだ。いつもとちがう。エリアスの目は、見たことがないほどギラギラと不穏に輝いていた。この屋敷に兵士を連れて乗り込んできたことといい、何をしでかすかわからない。

見まわせば、兵士たちは今もエリアスの指示を待つ構えであり、他の召使いたちは唖然とした様子でこちらを見上げている。この屋敷の主人であるミエルの父親も離れたところに立ち、不安そうに見守っている。

ギゼラは彼らに対しても申し訳ない思いでうなずいた。

「……わかったわ」

⚜

王宮では今夜も何か夜会が開かれているようだ。

正面玄関から入っていくと、廊下の着飾った男女が振り向いて、エリアスに向けて慌てて膝を折った。しかし彼は、そういった人々が目に入らないかのようにギゼラのみを見ている。その手は馬車の中にいる時からしっかりとギゼラの手をつかみ、決して放そうとしなかった。

彼は歩きながら思いがけないことを話す。

「ギゼラ様が王宮から姿を消された後、私が知る不都合な真実を陛下へお伝えしました」

「不都合な……？」

「はい。パウラ妃とフロリアン王子との関係についてです」

「あなたも知っていたの？」

ギゼラがあの秘密を知った時、エリアスはすでに近衛の隊長を退いていた。知る機会があったとは意外だ。

そう言うと、彼は真顔でさらりと返してきた。

「そもそも王子とパウラ妃を秘密裏に引き合わせたのは私ですので」

「…………」

王宮の廊下に二人の足音が響く。ギゼラは言葉の意味を呑み込むのに、しばらくの時を要した。

「……は？」

「フロリアン王子との騒動の直後でした。無礼を申し上げたお詫びとして。望みもしない異国へ送られ、鬱屈していた王子が、私がいない間にギゼラ様に不埒《ふらち》な欲望を抱き、万死に値する真似をすることがあってはなりませんので」

しれっと言い放つエリアスに言葉を失う。

「な……、な……っ」

「さすがにそれは伏せましたが、陛下にこう申し上げました。『思うようにギゼラ様と会うことができず、私もかなり鬱屈が溜まっていました。もしギゼラ様がご自分の出生を公表しなければ、代わりに私がパウラ妃の不貞について公表していたところです』――と」

「――……」

「そしてそれを胸に秘める代わりに、ギゼラ様の宮廷復帰を認めるようお願いしました」

「まさか……」

国王を脅したのか。不安を込めて見上げると、彼はさわやかな笑みを浮かべてうなずいた。

「陛下は快く応じてくださいました」

「本当に？」

思わずそう訊き返してしまったものの、考えてみれば、国王は己の体面を何より重んじる人である。ギゼラの母の不貞が表沙汰になった後で、さらにパウラの件まで公表されることなど、絶対に避けたかったにちがいない。

「その後すぐにフロリアン王子の帰国が決まりました」

エリアスによると、フロリアンは晴れ晴れした様子でそれを受け入れたという。

「それならまぁ、よかったけれど……」

「パウラ妃についても問題ありません。そのくらいで動じるような方ではありませんので」

国王から不貞を問い詰められたパウラは、慣れない異国に来て「さみしい、さみしい」と訴えてきたフロリアンを突き放すことができなかったのだと、涙ながらに釈明したらしい。

『陛下が賭け事に没頭されて、夜な夜な放っておかれたものですから、私もさみしくて……。おまけにあの方、陛下によく似ていらっしゃるのだもの……』

そんな言葉と共にしなだれかかられ、国王も怒り続けることができなかったとか。

話を聞いてギゼラは、以前、夜に彼女の部屋を訪ねた時のことを思い返した。

「実際、パウラ妃は本気ではなかったと思うわ……」

あの時、彼女がフロリアンを愛しているとは感じなかった。エリアスもうなずく。

「ええ、単に若い男との火遊びだったのでしょう。そういうわけですので、ギゼラ様が王宮にいることを妨げるものは何もありません」

「でも、わたしは――」

自ら本当の出生を公表してしまった。今や宮廷中の人が、ギゼラは庭師と愛人の間に生まれた娘だと知っている。

しかしエリアスは自信に満ちた微笑みを浮かべた。

「ご心配なく。それについても手は打ってあります」

「――……」

いったいどういうことか、きちんと訊ねたかったものの、時間はなさそうだ。二人は二階の大広間に到着した。

並んで中に足を踏み入れると、エリアスの姿を目にした客は礼を執り、道を空ける。さらにギゼラの姿を目にしてざわめきが起きる。

玉座には国王の姿があった。ギゼラに気づくと苦虫を百匹ほど噛みつぶしたような表情になる。

「……来たか」

エリアスとギゼラが玉座の前に立つと、彼はおもむろに腰を上げた。そして周りに聞かせるように声を張り上げる。

「ギゼラよ、よく戻った。思いがけない素性の暴露を受けて動揺していただろうに、衝撃を押し殺して自ら宮廷から身を引いたそなたの謙虚な魂と、長年にわたる王女としての国への献身に、余は応えねばならぬ。――ここへ」

そう言い、自分の足下を指す。とまどうギゼラに向けてエリアスがうなずいた。

ギゼラは一歩進み出て、おずおずと国王の足下に跪く。すると王は従僕から剣を受け取り、剣先でギゼラの両肩にふれて宣言した。

「数奇な運命にあるこの娘へ爵位を授ける。これより先、マリューロフ女伯を名乗るがいい」

その瞬間、周りの貴族たちから困惑するようなざわめきと、控えめな拍手が起こる。

ギゼラは自分に何が起きたのかよくわからずに、きょときょとと首を左右に巡らせた。

そんなギゼラを立たせ、軽く抱擁する素振りで、国王は耳元で恨めしげに言う。

「今後、余があれとうまくやるためにはおまえを味方につける他なさそうだ。逆に言えば、それさえ意識していれば、あれは余の言葉に耳を傾ける」

あきらめにも似たぼやきに振り向けば、怜悧な眼差しをめずらしく穏やかな笑みに細めた最愛の人が目に入る。

その場でただ一人、エリアスだけがしごく満足そうな面持ちで力強く拍手をしていた。

⚜

大広間を後にしたギゼラは、そのままエリアスと共に彼の私室に落ち着いた。

国王の部屋にも近いそこは四つの間から成る広々としたもので、豪奢な内装にはため息を禁じえなかったが、ゆっくり眺める間もなく、ギゼラは寝室に連れ込まれてしまった。

三人くらいであれば余裕で寝ることのできそうな大きな寝台にたどり着く前に濃厚な口づけが始まり、互いにもどかしく着ているものを脱がし合い、睦言もそこそこに情交になだれ込み、数日分をまとめて貪るような官能に溺れた後、ギゼラは浜辺に打ち上げられた魚のようにぐったりとエリアスの隣に横たわる。

しばらくはろくに声も出せないほど息が上がっていたものの、彼に抱きしめられて休むうち、少しずつ落ち着いてきた。

余韻に浸りつつ、裸のエリアスの胸にぴたりとくっつく。

「信じられないわ。追放が取り消されるだけでなく、爵位までいただけるなんて……」

わずかに乱れた息でつぶやくと、彼は汗ばんだギゼラの額や頬に小さくキスを降らせてきた。

「当然のことです」

「エリアスはいつも魔法のように物事を変えてしまうのね」

「そのように大げさなものではありません。追放の取り消しはお話ししたようにパウラ妃の件を秘密にすることと引き換えですし、爵位授与に関しては、お聞き入れいただけないのなら王太子位を拒否すると陛下に申し上げました」

「……え？」

「ヨーゼフを王太子にしておきたくない陛下にとって、悩むほどのものでもない取り引きだったのでしょう。ふたつ返事でしたよ」

けろりと言われて言葉を失った。自分が王太子位に就くにあたり、ギゼラへ爵位を授与するよう交換条件を出したと？

「普通はどんな交換条件を出されても、なりたいものなのに」

と、エリアスの目が不穏に輝く。

「……ギゼラ様は王太子になりたいのですか？」

「まさか！　わたしの話ではなくて……っ」

「さようですか。もし気が変わるようなことがあればおっしゃってください。今のところ七通りの方法を思いつきましたが、今後もそのような場合に備えて計画を練りつつ布石を打ってまいります」

真顔でずいっと迫るエリアスを、ギゼラは慌てて両手で押し留める。

「その必要はないわ！　わたしが言いたかったのは……ただ、あなたは立派な王太子になれるでしょうに、積極的でないのはもったいないなって……」

「できることなら王太子よりもギゼラ様の近衛でいたいものです」

彼はギゼラの髪を指で梳きながら、さも残念そうな口調でつぶやいた。

本人の気持ちをないがしろにするつもりはないが、それでもやはり、あらゆる才能に恵まれたエリアスが、王太子としての職務に前向きになれずにいるのは、彼と国民の双方にとって残念なことだろう。

ギゼラは少し考えた後、冗談まじりに軽く提案してみた。

「こういうのはどう？　皆の前では、あなたは臣民に信頼される立派な王太子に、わたしはそれを支える臣下になる。二人だけの時は、あなたはわたしの近衛に戻る。誰にもナイショの、二人だけのお芝居をするのよ」

と、彼はまじめな顔で応じる。

「ギゼラ様がそれをお望みなら、私に否やはありません」

「本当？　それならあなたが王太子でいる間は、仕事に全力で取り組めるよう協力を惜しまないって約束する」

「は。ご期待に沿うべく完璧な王太子を演じてみせます」

「よかった――」

彼がそう考えてくれるなら、誰にとっても良い結果になりそうだ。ギゼラは首をのばし、エリアスの頬にキスをした。

「大好きよ、エリアス……」

「………」

とたん、彼は何とも形容しがたい表情になる。

「どうしたの？」

「……もしや、私はうまく乗せられたのでしょうか？」

「乗せられるって、何に？」

「……いえ。何でもありません」

彼は少しだけ身を起こし、ギゼラの腕をなでながら、こめかみに口づけてきた。

「ギゼラ様がその気になれば、私を簡単に操ることができると感じただけです」

「エリアス……」

優しいくちびるの感触に応えるように、ギゼラも再び彼の頬に軽くキスをする。頬から顎、そして口元とキスを移動していき、最後にはそっとくちびるを重ねる。

愛する人の感触を味わいながら、あたう限りの想いを込めてささやいた。

「迎えに来てくれてありがとう、エリアス。わたし、とても幸せよ……」

愛をねだるギゼラのキスに、エリアスも応える。やがて大きな手が胸のふくらみを包み込み、やわやわと押し揉み始めると、再度の官能の期待に、ギゼラは熱い吐息をこぼした。

⚜

離れていた時間を埋めようと、性急な行為になってしまった先ほどとはちがい、小さなキスを交わしながら見つめ合う。目元を薔薇色に染め、うるんだ瞳で見上げてくるギゼラは、愛の女神と見まごうほど色めいていた。

出会った頃は枝のようだった身体も、エリアスが主君の味覚を徹底的に把握し、好みに即しつつ栄養ある食事を提供し続けたおかげで、豊満とは言わないものの、女性らしいまろやかな曲線を描くようになった。

夜会に参加する機会が限られていたため、今までほとんど人目に晒したことのない胸元は、目がくらむほどに白くなめらかだ。

人の立ち入らない静謐《せいひつ》な雪原のような柔肌を目にするたび、あらゆる場所に口づけ、跡をつけたい強い欲求に駆られてしまう。そんな自分の獣性を無理やり抑えつけ、エリアスは恭しく乳首を口に含んだ。

先ほどの行為のせいか、まだほとんど触れていないにもかかわらず、そこは硬く尖っている。木苺のような粒をそっと口に含み、軽く吸い上げながら舐めまわすと、たったそれだけで、ギゼラは華奢な身体を大げさなほどビクビクとのけ反らせ、はしたない声を漏らした。

一度気をやって敏感になっているのだろう。せっぱ詰まった喘ぎ声に、エリアスの下肢が熱く疼く。

（ギゼラ様……）

五年間、ひたすら気遣い、尽くし続けてきた。尽くすことが喜びだった。彼女により良いものをもたらすためなら、どのような労苦も労苦とは感じなかった。

近しい人にしか見せない笑顔や、信頼の眼差しをもって頼られることが何よりの褒美だった。

異母妹と思えばこそ誰よりも愛おしかった。年頃になった彼女をひときわ恋しく思い、他の男を近づけたくないと感じるのも、兄としての責任感ゆえだろうと考えた。もっと他に、強く深い激情を根底に孕んでいる予感がしたものの、目を背け続けた。

ヨーゼフから彼女の出生の真実を耳打ちされた時、堤防が決壊するように、それまで目を逸らし続けてきた激情が音を立てて迸り出るのを感じた。

自分にも彼女を抱く資格があると歓び、そんな自分を嫌悪した。だが今――ギゼラはエリアスを全身で求めてくれる。

（よもやこれほどの幸せな未来が私に与えられるとは……！）

そして今、ギゼラからもたらされる褒美に新しいものが加わった。

快楽に蕩けた眼差し、思わず漏れる高い声、それを恥じらう顔……。彼女の見せるあらゆる反応が、至上の恍惚をエリアスにもたらす。

今度こそ守ると決めた宝物。一生仕えると決めた主君。

自分が手をふれられるなど、半年前までは想像もしなかった相手であればこそ、自分の愛撫に乱れる姿を目にすれば、欲望は苦しいほどに熱く猛り立っていく。

（まだだ――）

すぐに終わっては、エリアスが最も好む褒美のひとつ――我慢できなくなったギゼラが控えめに欲しがる仕草を見逃してしまう。

エリアスは胸だけではなく、感じやすい腋やくびれた腰、柔らかな太ももなど、特に敏感な箇所を時間をかけて愛撫していく。と、ギゼラは小鳥のような声を上げながら、真っ赤に火照った肢体をひくつかせた。

いくら眺めても飽きることがないが、苦しめるのは本意ではない。

頃合いを見て、そっと手を大腿の隙間に潜り込ませたところ、彼女は甘えるようにエリアスの背に両腕をまわし、脚を絡めてきた。もうエリアスを受け入れる準備が整ったことを示す合図だ。

「――……っっ」

艶めいた上目遣いの眼差しに、音がするほど心臓が高鳴り、硬くなった欲望が爆発しそうになる。

だがしかしエリアスはぐっとこらえて欲情を押し殺し、表向き平静に応じた。

「……いけません。先ほどは少し気が急いてしまいましたので、今回は丁寧に――」

「でも……もう、平気よ……？」

恥ずかしげな懇願に頭がくらくらする。思わずサクランボのようなくちびるを貪りながら、指先で割れ目を探る。確かにそこは、先ほどの行為の余韻に熱く熟れていた。

試しに指を挿し入れてみると、蜜襞はぬるぬると優しく絡みついてくる。問題がないどころか、奥へ引き込もうとする締めつけを感じて脳髄が熱く痺れた。おまけに絡めた舌を吸ったところ、蜜襞がきゅぅっと収縮し、指先から射精しそうになる。

「ん！　……んん……っ」

気持ちがいいのか、ギゼラは儚くうめいてビクビクと身震いする。

卑猥な行為の最中でありながら、どこまでも可憐な姿に興奮と罪悪感を覚えた。清らかな主君を己の欲望で汚し、淫らに作り替えていくことへの罪の意識だ。

角度を持って屹立する赤黒い欲望を、エリアスは濡れてひくつく蜜口にぐちゅりと押し当てた。

何度身体を重ねても、この場面は喉が干上がるほどの興奮に見舞われる。

「……よろしいですか？」

許可を求める声は、抑えきれない期待に上ずっていた。しかし執拗な愛撫によって、官能に浸され続けたギゼラは気づかない。声を出さないためか、くちびるを引き結んで何度もうなずき、欲しがる眼差しでエリアスを見上げてくる。

焦らすように蜜口で切っ先を遊ばせると、彼女は悲鳴を上げてすすり泣いた。

「……エリアス、……来て……っ」

か細い声に、脳裏で感動が爆発する。頭が真っ白になり、余裕が吹き飛んでしまった。

「ギゼラ様――」

先ほど一度果てたことなど物の数にも入らない衝動に突き動かされ、エリアスは体重をかけてギゼラにのしかかった。蕩けきった淫路は、漲る怒張を柔らかく奥まで受け入れる。

「あ、ぁぁぁ……！」

快楽に弱いギゼラは挿入しただけで果ててしまったようで、四肢を固く引きつらせた。

蜜洞までもが熱烈にうねって屹立を締めつけ、エリアスは歯を食いしばって堪える。

「はぁっ、ぁ……」

官能の極みを漂うギゼラは茫洋とした眼差しをさまよわせた。色っぽく、同時に無防備な姿に、猛烈な愛おしさがこみ上げる。

「動いてよろしいですか？」

笑みまじりに訊ねると、彼女は訊くなと言わんばかりに、エリアスの手に自分の手を重ね、指を絡めてきた。なんて可愛いおねだりだろう？　エリアスはさらなる欲情に身をまかせ、抽送を始めた。

ドロドロになった蜜洞をかき混ぜるように、縦横無尽に腰を突き入れていると、はじめは短かったギゼラの喘ぎ声が、次第に長く尾を引くようになってくる。

快楽に背をのけ反らせるギゼラの、胸の先端をしゃぶって吸うと、それがよかったのか薄い腹部がなまめかしく痙攣した。

主君の歓びは、すなわちエリアスの歓びだ。雄茎を締めつける淫路をかき分けるように抽送しつつ、エリアスは敏感な乳首をちゅくちゅくとしつこく吸いたてる。ずんずんと奥を突くたび、ギゼラは頭を振って懊悩した。

「はぁっ、……あぁっ……」

性には淡白なほうだと思っていたが、ギゼラと愛し合うようになって己の本性を知った。主君の快楽に尽くしたい一方、とめどない快楽に追い込んで我を忘れる様を見たいという嗜虐的な一面もあることを。

ほどなくギゼラは再び絶頂に達した。淫猥な蜜洞の締めつけに我慢できず、エリアスもまた自身を引き抜いて果てる。

ギゼラと生涯を共にする未来がほぼ確定したとはいえ――否、だからこそ彼女の名誉を婚前の妊娠で貶めるわけにはいかない。

一度弾けた欲望は、胸を上下させて喘ぐギゼラの姿と、濡れそぼってヒクヒクする花弁を目にするや、たちまち情熱を取り戻した。

もう一度、と許可を得て押し込んだ屹立は、ぬぶぬぶと熱く迎え入れられる。

「気持ちいいですか？」

訊くまでもなく上体をひくつかせて悶える主君に、今度はあえてねっとりとした抽送で挑んだ。

「ぁ、ぁあン……！」

「どうか何度でも達ってください。私のもので際限なく天国へ昇ってください」

熱に浮かされたようなエリアスの言葉を受けたせいか、それとも久しぶりのせいか。その頃から、ギゼラは花開くように積極的になってきた。自らあられもなく脚を開き、口づけをねだり、腰を悩ましく振りたててくる。

「エリアス……、エリアス……！」

切なげに名前を呼びながら、もっともっとと全身でねだってくる主君の、いつになく赤裸々な要求にエリアスは胸を震わせる。

「そんなにも私を欲してくださるとは……」

ごくりと喉を鳴らし、これまでは自重していたこと――ギゼラが特に感じすぎてしまう箇所を狙いすまして激しく抉った。

「あぁっ、いや、うそ……」

まだ性感の未熟な彼女は、ひるんだように腰を引く。その細腰を引き戻し、深く淫らな口づけで気を紛らわせながら、エリアスは怒張の切っ先でガツガツと性感を捏ね、激しさに徐々に慣らしていく。

ギゼラの細い肢体は、明らかにこれまで以上の快感に襲われ、陸に上がった魚のように大きく跳ねていた。口づけで吸い上げていなければ、高い嬌声を迸らせただろう。

(今まではいちおう手加減をしていたのですよ……)

理性に敗けて襲いかかったにしても、これまでは経験の乏しいギゼラを気遣い、ありのままの欲望をぶつけることはなかった。しかし欲深くなってきた今のギゼラなら、獣のような男の欲求にも応えられるだろう。

汗にまみれた身体を二つ折りにする勢いで、エリアスは暴力的なまでに腰をたたきつけ、ギゼラを貪る。彼女は息も絶え絶えな様子で必死についてきた。エリアスの腰に脚を絡め、すすり泣きながら果てのない絶頂と絶頂のはざまで苦悶する。時間の感覚がなくなるほど長いこと肢体を絡め合い、快楽に溺れ続けるうち、陶酔の中で互いの肌の境がわからなくなるほど溶け合う感覚に陥った。

嵐のような劣情が過ぎ去った頃、気づけば向かい合って座り、ひとつになっていた。ギゼラはそのまま気を失うようにして眠ってしまう。

くったりした主君を抱えて窓を見れば、カーテンの隙間から淡い朝の光が差し込んでいた。どうやら情事にふけるうちに夜が明けてしまったようだ。

エリアスは自身の失態に舌打ちをする。

（我を忘れて、無理をさせすぎてしまった……）

ギゼラを寝台に置いて浴室へ向かうと、乾いたタオルを持ってきた。互いの体液で汚れたシーツを剝がしてタオルを敷き、そこに横たえる。さらに何度か往復して、濡れたタオルでギゼラの身体をできる限り清め、ようやく息をついた。

「ギゼラ様は、今日はこのまま寝ていてください」

頰をつついて言うも、そもそも彼女が目を覚ます様子はない。

思わず顔が緩んでしまう。

（ようやくあなたを一生幸せにする道を見つけることができました……）

王太子としての責務に取り組むだけで、それが得られるというのなら安いもの。

おまけに——

「言質は取った」

思わず声にしてしまい、ハッと手で口を押さえる。

ギゼラは先ほど自ら、エリアスが王太子でいる間は『仕事に全力で取り組めるよう協力を惜しまない』と約束した。それならば仕事に集中する上で必要不可欠な『協力』を求めてもかまわないだろう。

常にエリアスの視界に入る場所にいるという協力を。

(それだけで、私はどんな不可能も可能にする気力が湧いてくるのです)

王子の生まれも、近衛としての立場も、貴族の身分も、自分が心から欲するものではない。たとえ失ったとしても生きていける。

決して手放せないのは彼女の傍にいる権利だけだ。

ただただ幸せな気分で、エリアスは無防備に眠るギゼラの顔を見下ろす。その時、どこから入り込んだのか、リスが寝台の上へ姿を現し、忙しなく走りまわった末にギゼラの枕元で身体を丸めて、そのまま眠りにつこうとした。

ごく当然のような態度に、エリアスのこめかみにピキッと青筋が浮かび上がる。

もしやこのリスは、今までにも自分の留守中、こんなにもギゼラの近くで寝ていたのだろうか?

（毛玉にしても、立場というものをわからせる必要がある）

心の中でそうひとりごちると、エリアスはのどかな顔で眠る小動物の片足をつまんで持ち上げた。

宙づりにされたリスがキーキーとうるさく鳴く。

『リスに嫉妬するな！　器が知れるぞ！』

ヴェインのそんな声が聞こえたような気がしたが、エリアスのクシャミに吹き飛ばされて消えた。

いけない。このままではギゼラを起こしてしまう。

エリアスはリスの足をつまんだまま、すばやく寝台を下りて部屋の入口に向かった。扉を小さく開けた向こうへ目障りなリスを放り出し、また閉める。

器など、ギゼラに関してのみ世界一小さな自信がある。たとえリスといえど、自分よりも長くギゼラの傍にいるのは許せない。

エリアスが戻ると、寝台のきしむ音にギゼラがうっすらと目を開け、手をのばしてきた。

エリアスが手をつなぐと、彼女は安心したように微笑み、またすぅっと眠りにつく。天使だ。どこから見ても天使としか思えない。

（そうだ。なるべく早いうちに結婚の話を切り出そう……）

自分がギゼラの伴侶になるなど、ためらう気持ちも大きいものの、このような天使をひとり身のままにしておいては、また身のほど知らずな男との縁談が生じかねない。

王子としての身分を回復した今、自分以上に条件の良い者がいないのであれば、名乗りを上げるのが彼女のためでもあるだろう。彼女の言う通り、表向きは王子と女伯爵との結婚となるが、実情は自分が彼女に仕え続ける――その状態を守ると誓えば、受け入れてもらえるだろうか……?

敷布の上に投げ出された白魚のような手を取り、心からの忠誠を込めて甲に恭しく口づける。

(何もかも捧げ、一生尽くすと誓います。ですからどうか――)

たやすく思い通りになりそうに見えて、自分の考えに合わないことはきっぱりと拒否する。意に沿わない状況をひっくり返すためなら、時折とんでもない行動力を見せる。

これまで、ギゼラのそんな一面に幾度か状況をひっくり返されただけに、絶対に受け入れてもらえるなどと油断はできない。しかし彼女を愛し、崇める者としての信用は得ていると思っていいはず。

(私を天に昇らせるのも、地獄に突き落とすのも、ただあなただけ……)

目を覚ましたら切り出そう。そう決意したとたん、緊張に胸がきりきりとし始めた。

極めて稀な出来事に、思わず口元をほころばせる。

そわそわと落ち着かなくなる鼓動すら楽しみながら、エリアスはそのままずっと、無防備に眠る永遠の主を朝まで飽きずに眺めつづけた。

⚜

逃亡したヨーゼフは、その後も自身の所領の城に閉じこもった。反乱を起こそうとしたらしいが、思うように賛同者を得られず不発に終わったようだ。

国王はリンデンボロー公爵家に対し、ヨーゼフの助命と引き換えに、降伏を勧告するつもりだという。公爵家が過ちを認めて一部所領を返上し、国王への臣従を誓うのであれば、ヨーゼフを生涯の幽閉に減刑し、公爵家の取り潰しも見合わせるとのこと。大幅な勢力の衰退は免れないだろうが、叛逆罪で王軍に攻め込まれることを考えれば選択の余地はないと見られている。

その上で将来エリアスが王位を継ぐ際に恩赦を与え、公爵家を宮廷に復帰させれば、互いの因縁もだいぶ解消するだろう、というのが彼の意見だった。

ヨーゼフ一人が割を食うことになるが、エリアスによると彼はギゼラの出生の秘密を暴いたばかりか耳障りな言葉で侮蔑したとかで、「決して許しません」と昏い声音で言いきった。

（でも……そのおかげで、今のこの状況があるとも言えると思うのだけど……）

アルベール王子が宮廷復帰を果たしてから一ヶ月。国王は自身への暗殺と反乱を計画した罪で、正式にヨーゼフから王太子位をはく奪。それをアルベールに与えると宣言した。

本日、王宮の大広間で式典が行われ、エリアスは正式にその称号を得ることになる。

約束通り彼の秘書官として、常に行動を共にしているギゼラも式典に出席していた。エリアスの隣に立ち、高位の貴族に囲まれながら、厳かに大広間に入ってきた国王へ拍手を送る。

以前であれば、このように華やかな場に立つことには苦手意識があった。しかし今日はその限りではない。

なぜなら式典に際し、エリアスはギゼラに真紅のすばらしく大人びて美しいドレスを贈ってくれた。おまけにドレスを身につけたギゼラを目にしたエリアスは目頭を押さえ、「またそうやってとてつもない感動で私の心臓を止めにかかる……」と震える声でしみじみつぶやいていた。

それだけでギゼラは、自分がこの場所に立っていても不相応ではないと、大きな自信を持つことができたのである。

(相変わらず過保護も健在なんだけど……)

ギゼラはちらりと隣を見上げる。ここに来る前、エリアスはくり返し言ってきた。

「よろしいですか、ギゼラ様。今日という今日こそ、決して私の傍を離れませんように。

でないと先日のようなことになりますよ」

先日の舞踏会で、国王に呼ばれたエリアスがほんの少し離れた隙に、ギゼラをダンスに誘った貴公子がいた。王女の身分を失ったギゼラに近衛はおらず、エリアスがギゼラの傍に残した彼の近衛は、ダンスの誘いを危険な行為と見なさなかったため、口出しをしなかった。

それがエリアスを激怒させたのである。

彼によると、ギゼラを誘ったその貴公子は、以前から未婚の令嬢をたらしこんで初物を奪っては袖にするという悪い噂のある男で、そうとも気づかずギゼラに近づけるとは何事か、というわけだ。

貴公子を出禁にしただけでは飽き足らず、近衛にも腹を立てている様子だったため、ギゼラが必死になだめて何とか取りなした。

（わたしのせいでエリアスと近衛との間に不和を招くわけにはいかないものね……）

一件を思い返してため息をつく。

今ではエリアスの近衛隊長となったヴェインが言うには、エリアスはこれまでにもギゼラから異性を遠ざけるために、様々な策を弄していたらしい。

『今までは一介の近衛としてこっそりやっていたんだが、王子という立場と権力を得てから悪い方向に歯止めが利かなくなってる気がしますね……』

『こっそりって？』

『そりゃあ無自覚も甚だしいってもんですよ、ギゼラ様。あなたは宮廷の若い男の間でまずまず人気があるんですよ』

『そうかしら？　そんなふうに感じたことはないけれど……』

『まぁ実感する機会はことごとくエリアス様が潰してますからね……』

ちなみに「エリアス」は、今ではアルベール王子の一風変わった愛称として定着している。ギゼラと近衛隊の仲間だけが使う愛称だ。

大広間の式典は着々と進んでいた。

進行を担う聖職者に呼ばれ、エリアスが玉座へと続く階段まで進み出る。真紅の絨毯の敷かれた階段に立つ国王の前に跪き、王太子の称号を受ける彼を、ギゼラは拍手と共に見守った。

式典の後、国王はエリアスを大広間から続く控えの間に招き、高名な画家と引き合わせた。

「王太子となったアルベールの正装姿を絵画にして残したい。――頼んだぞ」

最後のひと言は画家に言い、国王は臣下たちを引き連れてその場を去っていく。初老の画家はエリアスに向けて恭しく頭を下げた。

「この度は誠におめでとうございます。身に余るお役目をいただき恐悦至極に存じます」

エリアスはうなずく。

「あぁ、ありがとう。ところで絵の構図は私が選べるのか？」

「は。ご希望がありましたら承りますが……」

「ではぜひ描いてもらいたい。今この時を――」

そう言うや、エリアスはおもむろにギゼラの前に跪いた。

画家をはじめ、周囲にいた従僕や臣下が目を剝く。

何よりギゼラが、突然のことに息を呑んだ。

「な……っ」

「ようやく言えます。ギゼラ様、どうか私と結婚してください」

不意打ちに硬直するギゼラを見上げ、エリアスは真摯に訴えてくる。しかしギゼラはきょときょとと画家とエリアスとを見比べた。

「なにもここで言わなくても……っ」

「いえ。彼にはぜひこの瞬間を記憶して形に残してほしい」

肩越しに画家へ目線をやった後、エリアスは跪いたまま、立ち尽くすギゼラの手を取った。

「私がギゼラ様の伴侶に名乗りを上げるなどおこがましいことですが、もしお受けしてくださるのなら、王太子としての権力と財力を駆使して全力で幸せにすると誓います」

「……陛下の許可は？」

「得ていませんが、得るのはたやすいことです。ギゼラ様以外とは結婚しないと、私が言えばいいだけですから」

「そんな――」

「私が結婚しないままヨーゼフが結婚し、息子でも生まれては、またぞろややこしいことになります。ギゼラ様が一刻も早く私と結婚し、幸せな家庭を築くのは、この国の平和のためにもなるのですよ」

「その言い方はずるいわ……っ」

「受け入れていただくためには手段を選んでいられませんので」

「受け入れないなんて言っていないじゃない」

「では――」

エリアスの顔がパッと輝く。しかしギゼラは軽く眉根を寄せて応じた。

「でも、さっきのプロポーズはどうかと思う……」

権力や財力にまで言及されるなど波乱の予感しかない。いったいこの先、何をするつもりなのか不安になってしまう……。

懸念を伝えると、彼は「では言い直します」と咳ばらいをした。そしてギゼラの手を取ったまま、改めて真剣な顔で振り仰いでくる。

「愛しています。一生お仕えし、必ず幸せにしたいと願う相手はあなただけです。あなたのいない未来は想像できません。どうか私と結婚してください」

「――――……っ」

エメラルド色の瞳にひたと見つめられ、ギゼラは胸が高鳴るのを感じた。

「……わたしも、あなたと永遠に一緒にいたい。結婚するわ。喜んで」

「ギゼラ様……！」

立ち上がったエリアスが感極まったていで抱きしめてくる。

「こんなにうれしい日は、きっと他にありません！」

いつも氷のように冷静な彼の、めずらしく浮かれた姿にギゼラも胸がいっぱいになった。

衝動のままに長く甘いキスを交わし、間近で見つめ合う。

「ギゼラ様……。プロポーズが成功した感動と安堵と幸せで目がくらみそうです。かくなる上は早く二人きりになりたい」

「この後の晩餐会が終わるまでの辛抱よ」

「そんなものもありましたね」

微笑んで返すと、彼は一瞬顔をしかめる。そしてくすくす笑うギゼラの耳元に、顔を寄せてささやいてきた。

「お贈りしたドレスがあまりにもよくお似合いで、目にするたび感動を禁じえません

「――」

「お願いだから、早く脱がしたいなんて言わないでね。とても気に入っているの」

「そのように月並みなことは申しません。まずは着たまま愉しみたいものです」

エピローグ

好天に恵まれた初夏のある日、王宮内にある聖堂においてギゼラとエリアスの婚礼が執り行われた。

純白の花で飾られた堂内には国王一家やギゼラの近衛たち、そして新たな王太子であるアルベール王子と親しい貴族たちが顔をそろえている。

司祭が新しい夫婦の誕生を宣言すると、招待客が拍手で応じた。

薄いヴェールがめくられ、ギゼラは晴れて夫となったエリアスと祭壇の前で口づけを交わす。ひときわ大きくなった拍手の中で二人は微笑みを交わし、祝福の鐘楼が鳴り響く聖堂内を振り返った。

それから歩廊にのびる細長く赤い絨毯の上を、腕を組んでゆっくりと歩く。純白の婚礼衣装とヴェールの長い長い引き裾が、赤い絨毯の上に美しいドレープを描いた。

聖堂の外に出ると、四歳になった王女が参列者の中からまろび出てくる。胸にリスのナッツを抱き、足下に白い猫を従えている。

「お兄さま、おめでとうございます！」

屈託のない言葉に、エリアスも思わずといったように笑みをこぼした。

「ありがとう」

「花嫁さん、きれい……！」

「そうだろう」

少女の目の前に膝をつき、エリアスは大きくうなずく。

「私もそう思う。ひとまず画家を呼んでこの姿を永遠にとどめておこうと思うが、立ち絵にすべきか、座った姿にするか、見返りふうにするかで悩んでいる。いや、いっそ全部……」

少女に向けて大まじめに相談する夫を、ギゼラはあわてて制止した。

「待って。今、わたしがお茶を飲んでいる姿、読書をする姿、ピクニックをする姿、昼寝姿と、あなたは四点の絵画を注文中なのよ？　さらに増やすつもり？」

「大丈夫。確か読書をする姿に関してはそろそろ完成するはずです」

「何が『大丈夫』だ。おまえは王宮中の画家を独り占めするつもりか」

苦々しく声をかけてきたのは国王である。隣ではパウラが苦笑を浮かべていた。

現在、国王とパウラの仲は大変良好のようだ。少女は二人のもとへ小走りで戻っていく。

「わたしも大きくなったらお嫁さんになりたい！」

飛び跳ねて訴える娘を、国王が抱き上げてうなずいた。

「よしよし。それなら余が立派な婿を探してやろう」

「いらない。お兄さまみたいに自分で探すの」

「――……」

娘の無邪気な返しに国王の笑顔が固まる。ギゼラはエリアスと顔を見合わせ、くすりと笑った。

王太子の婚礼となれば、本来であれば王都の中央にある大聖堂で、大々的に行われるはずだ。しかしギゼラとの結婚は宮廷の強い反発を誘った。

王太子であるからには国外の王族の姫を娶《めと》り、国に利益をもたらすべき。あるいは国内の有力貴族の娘と結婚し、宮廷の結束を促すべき。平民――それも庭師の娘に爵位を与えて結婚するなどありえない。それが貴族たちの揺るぎない考えである。

しかし当の王太子にギゼラ以外の女性を妻に迎えるつもりがまるでなく、国王もまた強く反対しなかったため、結婚はまずまず順調に実現した。

とはいえこれ以上貴族たちを刺激しないよう、親しい者だけで行うべきと、ギゼラがこの形を希望した次第である。そのかいがあって、式は心からの祝福に満ちた明るいものになった。

「ギゼラ様。おめでとうございます」

ヴェインがにこやかに声をかけてくる。また、同じくエリアスの近衛となったミエルとフリッツが笑顔で前に立った。

「おめでとうございます。とてもお美しいですよ」

「ありがとう、ミエル。あなたのご両親にまで来ていただけてうれしいわ」

「二人もとても喜んでいました。短いご縁だったのに招待していただいたと」

朗らかに答えるミエルに、フリッツがケラケラと笑ってつけたす。

「あの時はほんっと肝が冷えましたよね。『ギゼラ様をどこへやった!?』って、エリアス様ったら夜闇の中で目だけがギラギラ光ってましたもん。怖かったのなんの!」

当のエリアスは殊勝なそぶりで軽く頭を下げる。

「そもそもあの頃は、私がろくにギゼラ様に近づけないというのに、おまえたちばかりギゼラ様と一緒にいることに元からイライラしていたんだ」

「そりゃまぁ……それが仕事でしたからね」

しごくまっとうな相づちを打つヴェインの前で、エリアスはこぶしに力を込めた。

「そんな矢先、ギゼラ様が急にお姿を消したばかりか、密かにおまえたちと暮らしていると知り——そういった駆け落ちの真似事は、なんとしても私がお世話したかったと嫉妬で我を失った。すまん」

「全っ然、謝られてる気がしないッス……」

半眼でうめくフリッツをかばい、ギゼラは夫となった人の胸に軽く手を置く。

「エリアス、何度も話したでしょう？　皆はわたしを助けてくれたのよ」

「それはそうですが……」

「だいたい今は皆、あなたの近衛なのだから」

「むろん働きには感謝しています」

「わたしに言ってもしかたないわ」

ギゼラが指摘すると、エリアスは三人に向けて小さく頭を下げた。

「これまでの皆の献身に感謝している。これからもよろしく頼む」

ヴェインたちは「もちろんです！」と応じてから、他の近衛の仲間のもとへ戻っていく。

王太子であるエリアスには、現在十名以上の近衛がいるのだ。

周囲に人が途切れた頃を見計らい、ギゼラはエリアスの耳元でささやいた。

「わたしはもう二度と、あなたの前から消えたりしないわ。約束する」

「ギゼラ様……」

「行きましょう」

彼の腕に自分の腕を絡めて歩き出そうとすると、彼は背をかがめてギゼラの耳にすばやく口づけてきた。

「ひゃっ」

敏感な場所へのキスに思わず声を上げてしまい、慌てて口を閉ざす。くちびるを引き結び、頬に朱を散らして見上げる妻に、彼は笑みくずれる。

「やはり、そのお姿をどうしても残したい。画家を手配します。……よろしいですか？」

訊ねてくる口調は、めずらしく弾んだもの。

いつもまじめすぎる夫の、いつになく浮かれた姿を胸に焼きつけながら、ギゼラは彼の腕を引っ張って、頬に仕返しのキスをした。

「あなたも隣に立って、一緒に描かれてくれるなら、喜んで」

あとがき

こんにちは。最賀《さいが》すみれと申します。

この度は『寡黙な近衛隊長は雄弁に愛を囁く』をお手に取っていただき、ありがとうございます！

誰にも顧みられず虐げられていた王女と、復讐の機会を失い自失していた近衛騎士とのロマンス、いかがでしたでしょうか。互いに相手を必要として強く結びついたために、片方に縁談が持ち上がるや破綻していく展開をハラハラしつつ楽しんでいただけたなら幸いです。

主従ものとしては二作目。前作『軍人は愛の獣』のヒーローはヒロインの指示に絶対服従の素直すぎるワンコでしたが、今作のエリアスは自分が信じるヒロインの幸せに向けてひた走る暴走ワンコでした。また同じ近衛ですら他の男がギゼラに近づくのは許せないという大人げなさも心底どうかしてます。今後も絶対に負けられないリスとの敵対関係は続くでしょう…。

ところで皆さまは不憫《ふびん》なヒーロー、好きですか？　私は大好きです。ドラマや小説、マンガで好きになるキャラはほぼ全員不憫なイケメン。

　このほどソーニャ文庫さんの一作目から今作までを思い返し、不憫ヒーロー萌えという自分の性癖が色濃く出ているなーと改めて感じました。美形、有能、不憫。これぞ私が敢然と掲げるヒーロー三原則です。

　もちろんエリアスも歴代ヒーローに負けない不憫さ。そもそもこの話を考えた時、真っ先に思いついたのがギゼラに「私を袖にするのですか!?」と縋《すが》りつくシーンだったという…。ＦＵＢＩＮ！

　ギゼラが自分以外の男と結婚することになっただけでも耐えがたいのに、そのギゼラが必死に婚約者の気を引こうとするのを見守らなければならないばかりか手伝わされるとか、不憫さここに極まれりです。しかし完璧主義なエリアスは、そんな時でも完璧な形で協力したにちがいありません。

　あげく当の婚約者はギゼラにけんもほろろの対応をしたのだから、どれだけ我慢を重ねた末にブチ切れたのかを想像するとムフムフが止まりません。いいわぁ、不憫…。

　担当さんからはプロットの段階で「できれば王様も幸せにしてあげて」というリクエストがありました。優しい！（笑）　城を長く留守にするたびにご心痛な事件が起きる王様、気の毒といえば気の毒ですが、ギゼラへの扱いなどを鑑みて完全なハッピーエンドとはなりませんでした。若くて美しく情熱的なパウラはきっとこの先も浮気しますね！（鬼）

そしてヨーゼフ。元はと言えば性格の悪いママが撒いた種とはいえ、ここぞという勝負をかけた時にチェス盤をひっくり返すような政敵が登場するとか不遇すぎやしませんか…。将来、公爵家が恩赦を得る際にヨーゼフの処遇も改善するでしょう。あとたぶん良家のお嫁さんをもらうはずなので、なんとか幸せになって。

イラストを担当してくださったのは如月瑞《きさらぎみず》さん。キャララフのエリアスの色気のにじむカッコよさもさることながら、二人の関係性をそのまま形にしたかのようなカバーラフに感動しました！　互いを見る表情がどちらも素晴らしいのですが、ことにギゼラのはにかむような初々しい微笑みに私の心までノックアウトされましたですよ…。如月さん、お忙しい中ありがとうございました！

今作から担当さんが変わりました。今までの担当さんと、新しい担当さんのお二人に、作品作りに際して多大なご助力とうれしい感想をいただいたことへの感謝を。

そして数ある作品の中から拙作を読んでくださった皆さまへ、心からお礼を申し上げます。

またお会いできることを祈りつつ。

最賀すみれ

Sonya
ソーニャ文庫

この本を読んでのご意見・ご感想をお待ちしております。

◆ あて先 ◆

〒101-0051
東京都千代田区神田神保町2-4-7 久月神田ビル
㈱イースト・プレス　ソーニャ文庫編集部
最賀すみれ先生／如月瑞先生

寡黙《かもく》な近衛隊長《このえたいちょう》は雄弁《ゆうべん》に愛《あい》を囁《ささや》く

2023年1月9日　第1刷発行

著　　者　最賀《さいが》すみれ
イラスト　如月瑞《きさらぎみず》
装　　丁　imagejack.inc
発 行 人　永田和泉
発 行 所　株式会社イースト・プレス
〒101－0051
東京都千代田区神田神保町2－4－7 久月神田ビル
TEL 03－5213－4700　　FAX 03－5213－4701
印 刷 所　中央精版印刷株式会社

ISBN 978-4-7816-9738-3
定価はカバーに表示してあります。

Sonya ソーニャ文庫の本

『人は獣の恋を知らない』　栢野すばる

イラスト　鈴ノ助

Sonya ソーニャ文庫の本

『**執愛結婚**』 最賀すみれ

イラスト 氷堂れん